好爱这个世界啊

史铁生 季羡林 等 著

西苑出版社
XIYUAN PUBLISHING HOUSE
· 北京 ·

图书在版编目(CIP)数据

好爱这个世界啊 / 史铁生等著. -- 北京：西苑出版社有限公司, 2025.3. -- ISBN 978-7-5151-1022-6

Ⅰ.I267

中国国家版本馆CIP数据核字第2024HE4971号

好爱这个世界啊

作　　者	史铁生等
责任编辑	杨　超
责任校对	彭洪清
责任印制	李仕杰
开　　本	710毫米×1000毫米　1/16
印　　张	17
字　　数	200千字
版　　次	2025年3月第1版
印　　次	2025年3月第1次印刷
印　　刷	三河市元兴印务有限公司
书　　号	ISBN 978-7-5151-1022-6
定　　价	48.00元

出版发行	西苑出版社有限公司　北京市朝阳区利泽东二路3号
	邮编：100102
发 行 部	(010)84254364
编 辑 部	(010)64210080
总 编 室	(010)88636419
电子邮箱	xiyuanpub@163.com
法律顾问	北京植德律师事务所　（电话）17600603461

目录

第一章
在生命里从容漫步

秋天的怀念　史铁生 / 002

我二十一岁那年　史铁生 / 004

轻轻地走与轻轻地来　史铁生 / 018

人间　史铁生 / 023

"透析"经验谈　史铁生 / 026

时光　冯骥才 / 029

小病　老舍 / 032

一个人在途上　郁达夫 / 035

第二章
风景这边独好

香山红叶　杨朔 / 044

春天最初是闻到的　冯骥才 / 048

潭柘寺、戒坛寺　朱自清 / 050

陶然亭　张恨水 / 055

雪夜　石评梅 / 060

先农坛　许地山 / 065

冬日絮语　冯骥才 / 068

杨柳　丰子恺 / 072

青纱帐　王统照 / 076

故都的秋　郁达夫 / 079

第三章
在孤独中学会长大

我的幼儿园　史铁生 / 084

忆儿时　丰子恺 / 091

街　沈从文 / 098

囚绿记　陆蠡 / 102

我的童年（节选）　许地山 / 106

家庭教师　萧红 / 111

永久的憧憬和追求　萧红 / 117

初恋　周作人 / 119

水样的春愁　郁达夫 / 121

第四章
允许自己虚度时光

看月　叶圣陶 / 130

种树　魏金枝 / 132

猫　夏丏尊 / 138

黄昏的观前街　郑振铎 / 146

灯　陆蠡 / 151

晨梦　丰子恺 / 159

书　朱湘 / 162

宴之趣　郑振铎 / 165

搬家　老舍 / 171

窗子以外　林徽因 / 175

第五章
一些北京的记忆

北京忆旧　季羡林 / 186

午门忆旧　汪曾祺 / 190

五月的北平　张恨水 / 194

卢沟晓月　王统照 / 198

京城漫记　杨朔 / 201

北平的春天　周作人 / 206

雨的感想　周作人 / 210

我们的首都（节选）　林徽因 / 214

北南西东　缪崇群 / 221

第六章
写给岁月的哲思

"天下第一好事，还是读书"　季羡林 / 230

糊涂一点，潇洒一点　季羡林 / 233

三月留念　史铁生 / 236

山水间的生活　丰子恺 / 238

渐　丰子恺 / 242

我的创作经验　庐隐 / 246

不除庭草斋夫　陶行知 / 248

坚毅之酬报　邹韬奋 / 249

积少成多　胡适 / 251

我坐了木船　叶圣陶 / 254

一个防身药方的三味药　胡适 / 257

第一章

在生命里从容漫步

秋天的怀念

//

史铁生

　　双腿瘫痪后,我的脾气变得暴怒无常。望着望着天上北归的雁阵,我会突然把面前的玻璃砸碎;听着听着李谷一甜美的歌声,我会猛地把手边的东西摔向四周的墙壁。母亲就悄悄地躲出去,在我看不见的地方偷偷地听着我的动静。当一切恢复沉寂,她又悄悄地进来,眼边红红的,看着我。"听说北海的花儿都开了,我推着你去走走。"她总是这么说。母亲喜欢花,可自从我的腿瘫痪后,她侍弄的那些花都死了。"不,我不去!"我狠命地捶打这两条可恨的腿,喊着:"我可活什么劲!"母亲扑过来抓住我的手,忍住哭声说:"咱娘儿俩在一块儿,好好儿活,好好儿活……"

　　可我却一直都不知道,她的病已经到了那步田地。后来妹妹告诉我,她常常肝疼得整宿整宿翻来覆去地睡不了觉。

　　那天我又独自坐在屋里,看着窗外的树叶唰唰啦啦地飘落。母亲进来了,挡在窗前:"北海的菊花开了,我推着你去看看吧。"她憔悴的脸上现出央求般的神色。"什么时候？""你要是愿意，就明天？"她说。我的回答已经让她喜出望外了。"好吧，就明天。"我说。她高兴得一会儿坐下，一会儿站起："那就赶紧准备准备。""唉呀，烦不烦？几步路，有什么好准备的！"她也笑了，坐在我身边，絮絮叨叨地说着："看完菊花，咱们就去'仿膳'，你小时候最爱吃那儿的豌豆黄儿。还记得那回我带你去北海吗？你偏说那杨树花是毛毛虫，跑着，一脚踩扁一个……"她忽然不说了。对于"跑"和"踩"一类的字眼儿，她比我还敏感。她又悄悄地出去了。

她出去了，就再也没回来。

邻居们把她抬上车时，她还在大口大口地吐着鲜血。我没想到她已经病成那样。看着三轮车远去，也绝没有想到那竟是永远的诀别。

邻居的小伙子背着我去看她的时候，她正艰难地呼吸着，像她那一生艰难地生活。别人告诉我，她昏迷前的最后一句话是："我那个有病的儿子和我那个还未成年的女儿……"

又是秋天，妹妹推我去北海看了菊花。黄色的花淡雅，白色的花高洁，紫红色的花热烈而深沉，泼泼洒洒，秋风中正开得烂漫。我懂得母亲没有说完的话。妹妹也懂。我俩在一块儿，要好好儿活……

1981 年

我二十一岁那年

// 史铁生

友谊医院神经内科病房有十二间病室,除去1号2号,其余十间我都住过。当然,绝不为此骄傲。即便多么骄傲的人,据我所见,一躺上病床也都谦恭。1号和2号是病危室,是一步登天的地方,上帝认为我住那儿为时尚早。

十九年前,父亲搀扶着我第一次走进那病房。那时我还能走,走得艰难,走得让人伤心就是了。当时我有过一个决心:要么好,要么死,一定不再这样走出来。

正是晌午,病房里除了病人的微鼾,便是护士们轻极了的脚步,满目洁白,阳光中飘浮着药水的味道,如同信徒走进了庙宇,我感觉到了希望。一位女大夫把我引进10号病室。她贴近我的耳朵轻轻柔柔地问:"午饭吃了没?"我说:"您说我的病还能好吗?"她笑了笑。记不得她怎样回答了,单记得她说了一句什么之后,父亲的愁眉也略略地舒展。女大夫步履轻盈地走后,我永远留住了一个偏见:女人是最应该当大夫的，白大褂是她们最优雅的服装。

那天恰是我二十一岁生日的第二天。我对医学对命运都还未及了解，不知道病出在脊髓上将是一件多么麻烦的事。我舒心地躺下来睡了个好觉。心想：十天，一个月，好吧就算是三个月，然后我就又能是原来的样子了。和我一起插队的同学来看我时，也都这样想，他们给我带来很多书。

10号有六个床位。我是6床。5床是个农民，他天天都盼着出院。"光房钱一天一块一毛五，你算算得啦，"5床说，"'死病'值得了这么些？"3床就说："得了嘿，你有完没完！死死死，数你悲观。"4床是个老头，说："别介别介，咱毛主席有话啦——既来之，则安之。"农民便带笑地把目光转向我，却是对他们说："敢情你们都有公费医疗。"他知道我还在与贫下中农相结合。1床不说话，1床一旦说话即可出院。2床像是个有些来头的人，举手投足之间便赢得大伙儿的敬畏。2床幸福地把一切名词都忘了，包括忘了自己的姓名。2床讲话时，所有名词都以"这个""那个"代替，因而讲到一些轰轰烈烈的事迹却听不出是谁人所为。4床说："这多好，不得罪人。"

我不搭茬儿。刚有的一点儿舒心顷刻全光。一天一块多房钱都要从父母的工资里出，一天好几块的药钱、饭钱都要从父母的工资里出，何况为了给我治病家中早已是负债累累了。我马上就想那农民之所想了：什么时候才能出院呢？我赶紧松开拳头让自己放明白点儿：这是在医院不是在家里，这儿没人会容忍我发脾气，而且砸坏了什么还不是得用父母的工资去赔？所幸身边有书，想来想去只好一头埋进书里去，好吧好吧，就算是三个月！我平白地相信这样一个期限。

可是三个月后我不仅没能出院，病反而更厉害了。

那时我和2床一起住到了7号。2床果然不同寻常，是位局长，十一级干部，但还是多了一级，非十级以上者无缘去住高干病房的单间。7号是这普通病房中唯一仅设两张病床的房间，最接近单间，故一向由最接近十级的人去住。据说刚有个十三级从这儿出去。2床搬来名正言顺。我呢？护士长说是"这孩子爱读书"，让我帮助2床把名词重新记起来。"你看他连自己是谁都闹不清了。"护士长说。但2床却因此越来越让人喜欢。因为"局长"也是名词也在被忘之列，我们之间的关系日益平等、融洽。有一天他问我："你是干什么的？"我说："插队的。"2床说他的"那个"也是，两个"那个"都是，他在高出他半个头的地方比划一下："就是那两个，我自己养的。""您是说您的两个儿子？"他说对，儿子。他说好哇，革命嘛就不能怕苦，就是要去结合。他说："我们当初也是从那儿出来的嘛。"我说："农村？""对对对。什么？""农村。""对对对农村。别忘本呀！"我说是。我说："您的家乡是哪儿？"他于是抱着头想好久。这一回我也没办法提醒他。最后他骂一句，不想了，说："我也放过那玩意儿。"他在头顶上伸直两个手指。"是牛吗？"他摇摇头，手往低处一压。"羊？""对了，羊。我放过羊。"他躺下，双手垫在脑后，甜甜蜜蜜地望着天花板老半天不言语。大夫说他这病叫做"角回综合征，命名性失语"，并不影响其他记忆，尤其是遥远的往事更都记得清楚。我想局长到底是局长，比我会得病。他忽然又坐起来："我的那个，喂，小什么来？""小儿子？""对！"他怒气冲冲地跳到地上，说："那个小玩意儿，娘个×！"说："他要去结合，我说好嘛我支持。"说："他来信要钱，说要办个这个。"他指了指周围,我想"那个小玩意儿"可能是要办个医疗站。他说:"好嘛,要多少?我给。可那个小玩意儿!"他背着手气哼哼地来回走,然后停住,两手一摊,"可他又要在那儿结婚!""在农村?""对。农村。""跟农民?""跟农民。"无论是根据我当时的思想觉悟,还是根据报纸电台当时的宣传倡导,这都是值得肃然起敬的。"扎根派。"我钦佩地说。"娘了个×派!"他说,"可你还要不要回来嘛!"这下我有点儿发蒙。见我愣着,他又一跺脚,补充道:"可你还要不要革命?"这下我懂了,先不管革命是什么,2床的坦诚却令人欣慰。

不必去操心那些玄妙的逻辑了。整个冬天就快过去,我反倒拄着拐杖都走不到院子里去了,双腿日甚一日地麻木,肌肉无可遏止地萎缩,这才是需要发愁的。

我能住到7号来,事实上是因为大夫护士们都同情我。因为我还这么年轻,因为我是自费医疗,因为大夫护士都已经明白我这病的前景极为不妙,还因为我爱读书——在那个"知识越多越反动"的年代,大夫护士们尤为喜爱一个爱读书的孩子。他们还把我当孩子。他们的孩子有不少也在插队。护士长好几次在我母亲面前夸我,最后总是说:"唉,这孩子……"这一声叹,暴露了当代医学的爱莫能助。他们没有别的办法帮助我,只能让我住得好一点儿,安静些,读读书吧——他们可能是想,说不定书中能有"这孩子"一条路。

可我已经没了读书的兴致。整日躺在床上,听各种脚步从门外走过;希望他们停下来,推门进来,又希望他们千万别停,走过去走他们的路去别来烦我。心里荒荒凉凉地祈祷:上帝如果你不收我回去,就把能走路的腿也给我留下！我确曾在没人的时候双手合十，出声地向神灵许过愿。多年以后才听一位无名的哲人说过：危卧病榻，难有无神论者。如今来想，有神无神并不值得争论，但在命运的混沌之点，人自然会忽略着科学，向虚暝之中寄托一份虔敬的祈盼。正如迄今人类最美好的向往也都没有实际的验证，但那向往并不因此消灭。

主管大夫每天来查房，每天都在我的床前停留得最久："好吧，别急。"按规矩主任每星期查一次房，可是几位主任时常都来看看我："感觉怎么样？嗯，一定别着急。"有那么些天全科的大夫都来看我，八小时以内或以外，单独来或结队来，检查一番各抒主张，然后都对我说："别着急，好吗？千万别急。"从他们谨慎的言谈中我渐渐明白了一件事：我这病要是因为一个肿瘤的捣鬼，把它打出来切下去随便扔到一个垃圾桶里，我就还能直立行走，否则我多半就是把祖先数百万年进化而来的这一优势给弄丢了。

窗外的小花园里已是桃红柳绿，二十二个春天没有哪一个像这样让人心抖。我已经不敢去羡慕那些在花丛树行间漫步的健康人和在小路上打羽毛球的年轻人。我记得我久久地看过一个身着病服的老人，在草地上踱着方步晒太阳；只要这样我想只要这样！只要能这样就行了就够了！我回忆脚踩在软软的草地上是什么感觉？想走到哪儿就走到哪儿是什么感觉？踢一颗路边的石子，踢着它走是什么感觉？没这样回忆过的人不会相信，那竟是回忆不出来的！老人走后我仍呆望着那块草地，阳光在那儿慢慢地淡薄，脱离，凝作一缕孤哀凄寂的红光一步步爬上墙，爬上楼顶……我写下一句歪诗：

第一章　在生命里从容漫步

　　轻拨小窗看春色，漏入人间一斜阳。

　　日后我摇着轮椅特意去看过那块草地，并从那儿张望7号窗口，猜想那玻璃后面现在住的谁？上帝打算为他挑选什么前程？当然，上帝用不着征求他的意见。

　　我乞求上帝不过是在和我开着一个临时的玩笑——在我的脊椎里装进了一个良性的瘤子。对对，它可以长在椎管内，但必须要长在软膜外，那样才能把它剥离而不损坏那条珍贵的脊髓。"对不对，大夫？""谁告诉你的？""对不对吧？"大夫说："不过，看来不太像肿瘤。"我用目光在所有的地方写下"上帝保佑"，我想，或许把这四个字写到千遍万遍就会赢得上帝的怜悯，让它是个瘤子，一个善意的瘤子。要么干脆是个恶毒的瘤子，能要命的那一种，那也行。总归得是瘤子，上帝！

　　朋友送了我一包莲子，无聊时我捡几颗泡在瓶子里，想，赌不赌一个愿？——要是它们能发芽，我的病就不过是个瘤子。但我战战兢兢地一直没敢赌。谁料几天后莲子竟都发芽。我想好吧我赌！我想其实我压根儿是倾向于赌的。我想倾向于赌事实上就等于是赌了。我想现在我还敢赌——它们一定能长出叶子！（这是明摆着的。）我每天给它们换水，早晨把它们移到窗台西边，下午再把它们挪到东边，让它们总在阳光里；为此我抓住床栏走，扶住窗台走，几米路我走得大汗淋漓。这事我不说，没人知道。不久，它们长出一片片圆圆的叶子来。"圆"，又是好兆。我更加周到地伺候它们，坐回到床上气喘吁吁地望着它们，夜里醒来在月光中也看看它们：好了，我要转运了。并且忽然注意到"莲"与"怜"谐意，毕恭毕敬地想：上帝终于要对我发发慈悲了吧？这些事我不说没人知道。叶子长出了瓶口，闲人要去摸，我不让，他们硬是摸了呢，我便在心里加倍地祈祷几回。这些事我不说，现在也没人知道。然而科学胜利了，它三番五次地说那儿没有瘤子，没有没有。果然，上帝直接在那条娇嫩的脊髓上做了手脚！定案之日，我像个冤判的屈鬼那样疯狂地作乱，挣扎着站起来，心想干吗不能跑一回给那个没良心的上帝瞧瞧？后果很简单，如果你没摔死你必会明白：确实，你干不过上帝。

我终日躺在床上一言不发，心里先是完全的空白，随后由着一个死字去填满。王主任来了。（那个老太太，我永远忘不了她。还有张护士长。八年以后和十七年以后，我两次真的病到了死神门口，全靠这两位老太太又把我抢下来。）我面向墙躺着，王主任坐在我身后许久不说什么，然后说了，话并不多，大意是：还是看看书吧，你不是爱看书吗？人活一天就不要白活。将来你工作了，忙得一点儿时间都没有，你会后悔这段时光就让它这么白白地过去了。这些话当然并不能打消我的死念，但这些话我将受用终生，在以后的若干年里我频繁地对死神抱有过热情，但在未死之前我一直记得王主任这些话，因而还是去做些事。使我没有去死的原因很多（我在另外的文章里写过），"人活一天就不要白活"亦为其一，慢慢地去做些事于是慢慢地有了活的兴致和价值感。有一年我去医院看她，把我写的书送给她，她已是满头白发了，退休了，但照常在医院里从早忙到晚。我看着她想，这老太太当年必是心里有数，知道我还不至于去死，所以她单给我指一条活着的路。可是我不知道当年我搬

第一章　在生命里从容漫步

离7号后,是谁最先在那儿发现过一团电线?并对此做过什么推想?那是个秘密,现在也不必说。假定我那时真的去死了呢?我想找一天去问问王主任。我想,她可能会说"真要去死那谁也管不了";可能会说"要是你找不到活着的价值,迟早还是想死";可能会说"想一想死倒也不是坏事,想明白了倒活得更自由";可能会说"不,我看得出来,你那时离死神还远着呢,因为你有那么多好朋友"。

友谊医院——这名字叫得好。"同仁""协和""博爱""济慈",这样的名字也不错,但或稍嫌冷静,或略显张扬,都不如"友谊"听着那么平易、亲近。也许是我的偏见。二十一岁末尾,双腿彻底背叛了我,我没死,全靠着友谊。还在乡下插队的同学不断写信来。软硬兼施劝骂并举,以期激起我活下去的勇气;已转回北京的同学每逢探视日必来看我,甚至非探视日他们也能进来。"怎进来的你们?""咳,闭上一只眼睛想一会儿就进来了。"这群插过队的,当年可以凭一张站台票走南闯北,甭担心还有他们走不通的路。那时我搬到了加号。加号原来不是病房,里面有个小楼梯间,楼梯间弃置不用了,余下的地方仅够放一张床,虽然窄小得像一节烟筒,但毕竟是单间,光景固不可比十级,却又非十一级可比。这又是大夫护士们的一番苦心,见我的朋友太多,都是少男少女难免说笑得不管不顾,既不能影响了别人又不可剥夺了我的快乐,于是给了我十点五级的待遇。加号的窗口朝向大街,我的床紧挨着窗,在那儿我度过了二十一岁中最惬意的时光。每天上午我就坐在窗前清清静静地读书,很多名著我都是在那时读到的,也开始像模像样地学着外语。一过中午,我便直着眼睛朝大街上眺望,尤其注目骑车的年轻人和5路汽车的车站，盼着朋友们来。有那么一阵子我暂时忽略了死神。朋友们来了，带书来，带外面的消息来，带安慰和欢乐来，带新朋友来，新朋友又带新的朋友来，然后都成了老朋友。以后的多少年里，友谊一直就这样在我身边扩展，在我心里深厚。把加号的门关紧，我们自由地嬉笑怒骂，毫无顾忌地议论世界上所有的事，高兴了还可以轻声地唱点儿什么——陕北民歌，或插队知青自己的歌。晚上朋友们走了，在小台灯幽寂而又喧嚣的光线里，我开始想写点儿什么，那便是我创作欲望最初的萌生。我一时忘记了死，还因为什么？还因为爱情的影子在隐约地晃动。那影子将长久地在我心里晃动，给未来的日子带来幸福也带来痛苦，尤其带来激情，把一个绝望的生命引领出死谷；无论是幸福还是痛苦，都会成为永远的珍藏和神圣的纪念。

　　二十一岁、二十九岁、三十八岁，我三进三出友谊医院，我没死，全靠了友谊。后两次不是我想去勾结死神，而是死神对我有了兴趣；我高烧到四十多度，朋友们把我抬到友谊医院，内科说没有护理截瘫病人的经验，柏大夫就去找来王主任，找来张护士长，于是我又住进神内病房。尤其是二十九岁那次，高烧不退，整天昏睡、呕吐，差不多三个月不敢闻饭味，光用血管去喝葡萄糖，血压也不安定，先是低压升到一百二接着高压又降到六十，大夫们一度担心我活不过那年冬天了——肾，好像是接近完蛋的模样，治疗手段又像是接近于无了。我的同学找柏大夫商量，他们又一起去找唐大夫；要不要把这事告诉我父亲？他们决定：不。告诉他，他还不是白着急？然后他们分了工：死的事由我那同学和柏大夫管，等我死了由他们去向我父亲解释；活着的我由唐大夫多多关照。唐大夫说："好，我可以以教学的理由留他在这儿，他活一天就还要想一天办法。"当然，这些事都是我后来听说的。真是人不当死鬼神奈何其不得，冬天一过我又活了，看样子极可能活到下一个世纪去。唐大夫就是当年把我接进10号的那个大夫，就是那个步履轻盈温文尔雅的女大夫，但八年过去她已是两鬓如霜了。又过了九年，我第三次住院时唐大夫已经不在。听说我又来了，科里的老大夫、老护士们都来看我，问候我，夸我的小说写得还不错，跟我叙叙家常，唯唐大夫不能来了。我知道她不能来了，她不在了。我曾摇着轮椅去给她送过一个小花圈，大家都说："她是累死的，她肯定是累死的！"我永远记得她把我迎进病房的那个中午，她贴近我的耳边轻轻柔柔地问："午饭吃了没？"倏忽之间，怎么，她已经不在了？她不过才五十岁出头。这事真让人哑口无言，总觉得不大说得通，肯定是谁把逻辑摆弄错了。

但愿柏大夫这一代的命运会好些。实际只是当着众多病人时我才叫她柏大夫。平时我叫她"小柏"她叫我"小史"。她开玩笑时自称是我的"私人保健医"，不过这不像玩笑这很近实情。近两年我叫她"老柏"她叫我"老史"了。十九年前的深秋，病房里新来个卫生员，梳着短辫儿，戴一条长围巾穿一双黑灯芯绒鞋，虽是一口地道的北京城里话，却满身满脸的乡土气尚未退尽。"你也是插队的？"我问她。"你也是？"听得出来，她早已知道了。"你哪届？""老初二。你呢？""我六八，老初一。你哪儿？""陕北。你哪儿？""我内蒙。"这就行了，全明白了，这样的招呼是我们这代人的专利，这样的问答立刻把我们拉近。我料定，几十年后这样的对话仍会在一些白发苍苍的人中间流行，仍是他们之间最亲切的问候和最有效的沟通方式；后世的语言学者会煞费苦心地对此做一番考证，正儿八经地写一篇论文去得一个学位。而我们这代人是怎样得一个学位的呢？十四五岁停学，十七八岁下乡，若干年后回城，得一个最被轻视的工作，但在农村待过了还有什么工作不能干的呢；同时学心不死业余苦读，好不容易上了个大学，毕业之后又被轻视——因为真不巧你是个"工农兵学员"，你又得设法摘掉这个帽子，考试考试考试这代人可真没少考试，然后用你加倍的努力让老的少的都服气，用你的实际水平和能力让人们相信你配得上那个学位——比如说，这就是我们这代人得一个学位的典型途径。这还不是最坎坷的途径。"小柏"变成"老柏"，那个卫生员成为柏大夫，大致就是这么个途径，我知道，因为我们已是多年的朋友。她的丈夫大体上也是这么走过来的，我们都是朋友了；连她的儿子也叫我"老史"。闲下来细细去品，这个"老史"最令人羡慕的地方，便是一向活在友谊中。真说不定，这与我二十一岁那年恰恰住进了"友谊"医院有关。

因此偶尔有人说我是活在世外桃源，语气中不免流露了一点儿讥讽，仿佛这全是出于我的自娱甚至自欺。我颇不以为然。我既非活在世外桃源，也从不相信有什么世外桃源。但我相信世间桃源，世间确有此源，如果没有恐怕谁也不想再活；倘此源有时弱小下去，依我看，至少讥讽并不能使其强大。千万年来它作为现实，更作为信念，这才不断。它源于心中再流入心中，它施于心又由于心，这才不断。欲其强大，舍心之虔诚又向何求呢？

也有人说我是不是一直活在童话里？语气中既有赞许又有告诫。赞

第一章　在生命里从容漫步

许并且告诫，这很让我信服。赞许既在，告诫并不意指人们之间应该加固一条防线，而只是提醒我：童话的缺憾不在于它太美，而在于它必要走进一个更为纷繁而且严酷的世界，那时只怕它太娇嫩。

事实上在二十一岁那年，上帝已经这样提醒我了，他早已把他的超级童话和永恒的谜语向我略露端倪。

住在4号时，我见过一个男孩。他那年七岁，家住偏僻的山村，有一天传说公路要修到他家门前了，孩子们都翘首以待好梦联翩。公路终于修到，汽车终于开来，乍见汽车，孩子们惊讶兼着胆怯，远远地看。日子一长孩子便有奇想，发现扒住卡车的尾巴可以威风凛凛地兜风，他们背着父母玩得好快活。可是有一次，只一次，这七岁的男孩失手从车上摔了下来。他住进医院时已经不能跑，四肢肌肉都在萎缩。病房里很寂寞，孩子一瘸一瘸地到处串；淘得过分了，病友们就说他："你说说你是怎么伤的？"孩子立刻低了头，老老实实地一动不动。"说呀？""说，因为什么？"孩子嗫嚅着。"喂，怎么不说呀？给忘啦？""因为扒汽车。"孩子低声说。"因为淘气。"孩子补充道。他在诚心诚意地承认错误。大家都沉默，除了他自己谁都知道：这孩子伤在脊髓上，那样的伤是不可逆的。孩子仍不敢动，规规矩矩地站着用一双正在萎缩的小手擦眼泪。终于会有人先开口，语调变得哀柔："下次还淘不淘了？"孩子很熟悉这样的宽容或原谅，马上使劲摇头："不，不，不了！"同时松一口气了。但这一回不同以往，怎么没有人接着向他允诺"好啦，只要改了就还是好孩子"呢？他睁大眼睛去看每一个大人，那意思是：还不行么？再不淘气了还不行么？他不知道，他还不懂，命运中有一种错误是只能犯一次的,并没有改正的机会,命运中有一种并非是错误的错误(比如淘气,是什么错误呢),但这却是不被原谅的。那孩子小名叫"五蛋",我记得他,那时他才七岁,他不知道,他还不懂。未来,他势必有一天会知道,可他势必有一天就会懂吗?但无论如何,那一天就是一个童话的结尾。在所有童话的结尾处,让我们这样理解吧:上帝为锤炼生命,将布设下一个残酷的谜语。

　　住在6号时,我见过有一对恋人。那时他们正是我现在的年纪,四十岁。他们是大学同学。男的二十四岁时本来就要出国留学,日期已定,行装都备好,可命运无常,不知因为什么屁大的一点儿事不得不拖延一个月,偏就在这一个月里因为一次医疗事故他瘫痪了。女的对他一往情深,等着他,先是等着他病好,没等到;然后还等着他,等着他同意跟她结婚,还是没等到。外界的和内心的阻力重重,一年一年,男的既盼着她来又说服着她走。但一年一年,病也难逃爱也难逃,女的就这么一直等着。有一次她狠了狠心,调离北京到外地去工作了,但是斩断感情却不这么简单,而且再想调回北京也不这么简单,女的只要有三天假期也迢迢千里地往北京跑。男的那时病更重了,全身都不能动了,和我同住一个病室。女的走后,男的对我说过:"你要是爱她,你就不能害她,除非你不爱她,可是你又为什么要结婚呢?"男的睡着了,女的对我说过:我知道他这是爱我,可他不明白其实这是害我,我真想一走了事,我试过,不行,我知道我没法不爱他。女的走了男的又对我说过:不不,她还年轻,她还有机会,她得结婚,她这人不能没有爱。男的睡了,女的又对我说过:可什么是机会呢?机会不在外面在心里,结婚的机会有可能在外边，可爱情的机会只能在心里。女的不在时，我把她的话告诉男的，男的默然垂泪。我问他："你干吗不能跟她结婚呢？"他说："这你还不懂。"他说："这很难说得清，因为你活在整个这个世界上。"他说："所以，有时候这不是光由两个人就能决定的。"我那时确实还不懂。我找到机会又问女的："为什么不是两个人就能决定的？"她说："不，我不这么认为。"她说："不过确实，有时候这确实很难。"她沉吟良久，说："真的，跟你说你现在也不懂。"十九年过去了，那对恋人现在该已经都是老人。我不知道现在他们各自在哪儿，我只听说他们后来还是分手了。十九年中，我自己也有过爱情的经历了，现在要是有个二十一岁的人问我爱情都是什么。大概我也只能回答：真的，这可能从来就不是能说得清的。无论她是什么，她都很少属于语言，而是全部属于心的。还是那位台湾作家三毛说得对：爱如禅，不能说不能说，一说就错。那也是在一个童话的结尾处，上帝为我们能够永远地追寻着活下去，而设置的一个残酷却诱人的谜语。

二十一岁过去，我被朋友们抬着出了医院，这是我走进医院时怎么也没料到的。我没有死，也再不能走，对未来怀着希望也怀着恐惧。在以后的年月里，还将有很多我料想不到的事发生，我仍旧有时候默念着"上帝保佑"而陷入茫然。但是有一天我认识了神，他有一个更为具体的名字——精神。在科学的迷茫之处，在命运的混沌之点，人唯有乞灵于自己的精神。不管我们信仰什么，都是我们自己的精神的描述和引导。

1991 年

轻轻地走与轻轻地来

// 史铁生

现在我常有这样的感觉：死神就坐在门外的过道里，坐在幽暗处，凡人看不到的地方，一夜一夜耐心地等我。不知什么时候它就会站起来，对我说：嘿，走吧。我想那必是不由分说。但不管是什么时候，我想我大概仍会觉得有些仓促，但不会犹豫，不会拖延。

"轻轻地我走了，正如我轻轻地来"——我说过，徐志摩这句诗未必牵涉生死，但在我看，却是对生死最恰当的态度，作为墓志铭真是再好也没有。

死，从来不是一次性完成的。陈村有一回对我说：人是一点一点死去的，先是这儿，再是那儿，一步一步终于完成。他说得很平静，我漫不经心地附和，我们都已经活得不那么在意死了。

这就是说，我正在轻轻地走，灵魂正在离开这个残损不堪的躯壳，一步步告别着这个世界。这样的时候，不知别人会怎样想，我则尤其想起轻轻地来的神秘。比如想起清晨、晌午和傍晚变幻的阳光，想起一方蓝天，一个安静的小院，一团扑面而来的柔和的风，风中仿佛从来就有母亲和奶奶轻声的呼唤……不知道别人是否也会像我一样，由衷地惊讶：往日呢？往日的一切都到哪儿去了？

生命的开端最是玄妙，完全的无中生有。好没影儿的忽然你就进入了一种情况，一种情况引出另一种情况，顺理成章天衣无缝，一来二去便连接出一个现实世界。真的很像电影，虚无的银幕上，比如说忽然就有了一个蹲在草丛里玩耍的孩子，太阳照耀他，照耀着远山、近树和草丛中的一条小路。然后孩子玩腻了，沿小路蹒跚地往回走，于是又引出小路尽头的一座房子，门前正在张望他的母亲，埋头于烟斗或报纸的父亲，引出一个家，随后引出一个世界。孩子只是跟随这一系列情况走，有些一闪即逝，有些便成为不可更改的历史，以及不可更改的历史的原因。这样，终于有一天孩子会想起开端的玄妙：无缘无故，正如先哲所言——人是被抛到这个世界上来的。

其实，说"好没影儿的忽然你就进入了一种情况"和"人是被抛到这个世界上来的"，这两句话都有毛病，在"进入情况"之前并没有你，在"被抛到这世界上来"之前也无所谓人。——不过这应该是哲学家的题目。

对我而言，开端，是北京的一个普通四合院。我站在炕上，扶着窗台，透过玻璃看它。屋里有些昏暗，窗外阳光明媚。近处是一排绿油油的榆树矮墙，越过榆树矮墙远处有两棵大枣树，枣树枯黑的枝条镶嵌进蓝天，枣树下是四周静静的窗廊。——与世界最初的相见就是这样，简单，但印象深刻。复杂的世界尚在远方，或者，它就蹲在那安恬的时间四周窃笑，看一个幼稚的生命慢慢睁开眼睛，萌生着欲望。

奶奶和母亲都说过：你就出生在那儿。

其实是出生在离那儿不远的一家医院。生我的时候天降大雪。一天一宿罕见的大雪，路都埋了，奶奶抱着为我准备的铺盖蹚着雪走到医院，走到产房的窗檐下，在那儿站了半宿，天快亮时才听见我轻轻地来了。母亲稍后才看见我来了。奶奶说，母亲为生了那么个丑东西伤心了好久，那时候母亲年轻又漂亮。这件事母亲后来闭口不谈，只说我来的时候"一层黑皮包着骨头"，她这样说的时候已经流露着欣慰，看我渐渐长得像回事了。但这一切都是真的吗？

我蹒跚地走出屋门，走进院子，一个真实的世界才开始提供凭证。太阳晒热的花草的气味，太阳晒热的砖石的气味，阳光在风中舞蹈、流动。青砖铺成的十字甬道连接起四面的房屋，把院子隔成四块均等的土地，两块上面各有一棵枣树，另两块种满了西番莲。西番莲顾自开着硕大的花朵，蜜蜂在层叠的花瓣中间钻进钻出，嗡嗡地开采。蝴蝶悠闲飘逸，飞来飞去，悄无声息仿佛幻影。枣树下落满移动的树影，落满细碎的枣花。青黄的枣花像一层粉，覆盖着地上的青苔，很滑，踩上去要小心。天上，或者是云彩里，有些声音，有些缥缈不知所在的声音——风声？铃声？还是歌声？说不清，很久我都不知道那到底是什么声音，但我一走到那块蓝天下面就听见了他，甚至在襁褓中就已经听见他了。那声音清朗，欢欣，悠悠扬扬，不紧不慢，仿佛是生命固有的召唤，执意要你去注意他，去寻找他、看望他，甚或去投奔他。

我迈过高高的门槛，艰难地走出院门，眼前是一条安静的小街，细长、规整，两三个陌生的身影走过，走向东边的朝阳，走进西边的落日。东边和西边都不知通向哪里，都不知连接着什么，唯那美妙的声音不惊不懈，如风如流……

我永远都看见那条小街，看见一个孩子站在门前的台阶上眺望。朝阳或是落日弄花了他的眼睛，浮起一群黑色的斑点，他闭上眼睛，有点儿怕，不知所措，很久，再睁开眼睛，啊好了，世界又是一片光明……有两个黑衣的僧人在沿街的房檐下悄然走过……几只蜻蜓平稳地盘桓，翅膀上闪动着光芒……鸽哨声时隐时现，平缓，悠长，渐渐地近了，扑噜噜飞过头顶，又渐渐远了，在天边像一团飞舞的纸屑……这是件奇怪的事，我既看见我的眺望，又看见我在眺望。

那些情景如今都到哪儿去了？那时刻，那孩子，那样的心情，惊奇和痴迷的目光，一切往日情景，都到哪儿去了？它们飘进了宇宙，是呀，飘去五十年了。但这是不是说，它们只不过飘离了此时此地，其实它们依然存在？

梦是什么？回忆，是怎么一回事？

倘若在五十光年之外有一架倍数足够大的望远镜，有一个观察点，料必那些情景便依然如故，那条小街，小街上空的鸽群，两个无名的僧人，蜻蜓翅膀上的闪光和那个痴迷的孩子，还有天空中美妙的声音，便一如既往。如果那望远镜以光的速度继续跟随，那个孩子便永远都站在那条小街上，痴迷地眺望。要是那望远镜停下来，停在五十光年之外的某个地方，我的一生就会依次重现，五十年的历史便将从头上演。

真是神奇。很可能，生和死都不过取决于观察，取决于观察的远与近。比如，当一颗距离我们数十万光年的星星实际早已熄灭，它却正在我们的视野里度着它的青年时光。

时间限制了我们，习惯限制了我们，谣言般的舆论让我们陷于实际，让我们在白昼的魔法中闭目塞听不敢妄为。白昼是一种魔法，一种符咒，让僵死的规则畅行无阻，让实际消磨掉神奇。所有的人都在白昼的魔法之下扮演着紧张、呆板的角色，一切言谈举止，一切思绪与梦想，都仿佛被预设的程序所圈定。

因而我盼望夜晚，盼望黑夜，盼望寂静中自由的到来。

甚至盼望站到死中，去看生。

我的躯体早已被固定在床上，固定在轮椅中，但我的心魂常在黑夜出行，脱离开残废的躯壳，脱离白昼的魔法，脱离实际，在尘嚣稍息的夜的世界里游逛，听所有的梦者诉说，看所有放弃了尘世角色的游魂在夜的天空和旷野中揭开另一种戏剧。风，四处游走，串联起夜的消息，从沉睡的窗口到沉睡的窗口，去探望被白昼忽略了的心情。另一种世界，蓬蓬勃勃，夜的声音无比辽阔。是呀，那才是写作啊。至于文学，我说过我跟它好像不大沾边儿，我一心向往的只是这自由的夜行，去到一切心魂的由衷的所在。

人间

// 史铁生

"瘫痪后你是怎么……譬如说,你是……?"记者一时不知怎么说好,双手像是比画着一个圆球。

我懂了他的意思,说:"那时我只想快点死。"

"哪里哪里,你太谦虚。"他微笑着,望着我。

可我那时是真想死,不记得怎么谦虚过。

"你是不是觉得不能再为人民……所以才……"

我摇摇头,想起了我那时写过的一首诗:轻推小窗看春色,漏入人间一斜阳……

"那你为什么没有……"记者像是有些失望了。

我说,我是命运的宠儿。他奇怪地瞪着我。

"您看我这手摇车,是十几个老同学凑钱给我买的……看这弹簧床,是个街坊给我做的……这棉裤,是邻居朱奶奶做的……还有这毛衣——那个女孩子也在我们街道生产组干过……生产组的门窄,手摇车进不去,一个小伙子天天背我……"

记者飞快地记着。"最好说件具体的。"他说。

我想了一会儿,找出了那张粮票(很破,中间贴了一条白纸)。"前些年,您知道它对一个陕北的农民来说等于什么吗?"我说,"也许等于一辆汽车,也许等于一所别墅;当然,要看和谁比。不过,它比汽车和别墅可重要多了;为了舍不得这张小纸片,有时会耽误了一条人命。"

记者看看那粮票,说:"是陕西省通用的?"

"是。可他不懂。我寄还给他,说这在北京不能用。他又给我寄了回来,说这是他卖了留着过年用的十斤好黄米才得来的,凭什么不能用?噢,他是我插队时的房东老汉,喂牛的……"

有些事我不想对记者说。其实,队里早不让他喂牛了;有一回,他偷吃了喂牛的黑豆……

"他说,这十斤粮票,我看病时用得着。"

"看病?用粮票?"记者问。看来他没插过队。

"比送什么都管用,他以为北京也是那样。后来我才知道,他儿子的病是怎么耽误的。我没见过他的儿子,那时他只带个小孙女一块过。"

我和记者都沉默着,看着那张汗污的粮票。

"现在怎么样?"记者问我,"你们还有联系吗?"

"现在有现在的难处,要是把满街贴广告的力气用来多生产点像样的缝纫机就好了。"

记者没明白。

"前些日子他寄钱来,想给他孙女买台缝纫机,他自己想要把二胡。

可惜，我只帮他买到了二胡。他说，缝纫机一定得买最好的，要不他孙女该生气了。简直算得上是忘本了吧？"

记者笑了，吹去笔记本上的烟灰："还是回到正题上来吧。你是怎么战胜了……譬如说……"

"还有医院的大夫，常来家看我……还有生产组的大妈们，冬天总在火炉上烤热两块砖，给我垫在脚下……还有……唉！我说不好，也说不完。"

"透析"经验谈

// 史铁生

我"透析"已经五年。迄今透了十年、二十年的也大有人在。据说人造器官技术也正趋成功,所以我们这些几十年前要被判绝症的人已无悲观的理由,倒是应该做好再活上几十年的准备。我是说,快乐并且有所作为地再活上几十年,而非自暴自弃地去等那最后一刻。

我能介绍的第一条经验是:别太把自己当成病人,适当地工作,实为疗病养生的好方法。反之,终日无所事事,倒难免自我价值失落,结果弄得自己情绪败坏,全家阴云笼罩。在中日友好医院"透析"的五年中,最让我难忘并且敬佩的是一位叫许志杰的病友。他是个普通工人,经济收入可想而知,家中又有两个上学的孩子,他说"帮不了这个家了,不能再给他们增加负担",便独自摆起了修鞋摊,所得虽微,但可维持自己的日常用度。好几年中,他风雨无阻地出摊,快快乐乐地"透析",活得坚定。自己不再是他人的负担,进而又能对他人有所助益——这种感觉,这份快慰,绝非医药可得;也只有这样,生活的信心才不可动摇。

第二条经验：但要知道自己到底还是病人，故不可劳碌无度。我是说，无论谁，有所不为才能有所为，何况我们这些病人。比如，灯红酒绿的夜生活咱就免了吧，种种劳神费力的物质享乐，能减少就减少些吧。充分的休息对我们尤其重要。我双腿瘫痪三十多年，一向遵循的原则就是"好钢用在刀刃上"。当然我可能原本就没有多少好钢，但完全没有的人也不多见，那就把仅有的好钢都集中起来，做些有趣味、有意义的事。不为别的，只为不把自己活成个负数，进而也不是零，不是花着成千上万的医药费却似活得无缘无故，活得像一个若有若无的人。是呀不为别的，还是那句话：至少要给自己活出价值，活出信心，给家人活出欣慰。

第三条经验，可能也是所有已然选择了"透析"的人的经验，而且肯定是会得罪某些中医界人士的经验——但诚实要求我不能不说：肌酐指标高到一定程度，你最好赶快"透析"，别再指望中药。"一定程度"是什么程度？这我说不好，我不是医生。我的经验是：在"肌酐"稍高于正常值时，中药是有效的，但当"肌酐"长到比较高时，中药不仅无益，甚至可能不利。据我所知，中医治疗"尿毒症"的思路，无非泄补并举，以期将因肾功失能而不能排泄的毒素经大便排出，这在肾功小有缺失时是可行的，但当肾功近于全面丧失时，仅由大便就不足以排泄体内的毒素（否则要肾何用？），若仍坚持，只会使毒素积累愈多，对肾伤害愈大。此非我一人之经验，"透析"者多半都经历了中药疗治的无奈过程。有没有例外？世间万事，皆有例外；或因人有异，或确有秘方，但至今不见必然的总结，让病人一味地期待偶然或例外显然不是科学的态度。当然，我特别希望秘方能够无私公布，以利众生。但在此前，病人唯盼望：无论中医西医，都能摒弃门户，一切从病人利益着想，实事求是，坦言各家疗法之利弊，再别让虚假广告误导病人。

第四条可以算经验，也可以算希望：把枯燥且漫长的"透析"过程搞得活泼些，快乐些。"透析"以来，除了家，"透析室"是我们度过最多时光的地方，我们最常见面的人是"透析室"的大夫、护士、病友，我们至少应该算同事了——不是吗？我们共同合作，这才一天一天地完成着"透析"任务。所以，这么多美好时光，都打成了瞌睡，实在无聊。我很喜欢我们的"透析二部"，那儿常有歌声与谈笑，有着轻松、快乐的亲切气氛……我以为这应当提倡。我们曾戏称，要创立一种"快乐透析法"。是呀，千万别把"透析室"弄得森然、压抑，仿佛那是差一步就到地狱的地方，而要让那儿充满欢声笑语（当然要适度，毕竟这不是歌厅），是一处可以互相信任和终日友好之地，不仅能清除血中毒素，更能康健人的精神。

我多年患病的座右铭是：把疾病交给医生，把命运交给上帝，把快乐和勇气留给自己。

2003年2月11日

时 光

//

冯骥才

一岁将尽，便进入一种此间特有的情氛中。平日里奔波忙碌，只觉得时间的紧迫，很难感受到时光的存在。时间属于现实，时光属于人生。然而到了年终时分，时光的感觉乍然出现。它短促、有限、性急，你在后边追它，却始终抓不到它飘举的衣袂。它飞也似的向着年的终点扎去。等到你真的将它超越，年已经过去，那一大片时光便留在过往不复的岁月里了。

今晚突然停电，摸黑点起蜡烛。烛光如同光明的花苞，宁静地浮在漆黑的空间里；室内无风，这光之花苞便分外优雅与美丽；些许的光散布开来，朦胧依稀地勾勒出周边的事物。没有电就没有音乐相伴，但我有比音乐更好的伴侣——思考。

可是对于生活最具悟性的，不是思想者，而是普通大众。比如大众俗语中，把临近年终这几天称作"年根儿"，多么贴切和形象！它叫我们顿时发觉，一棵本来是绿意盈盈的岁月之树，已被我们消耗殆尽，只剩下一点点根底。时光竟然这样地紧迫、拮据与深浓……

一下子，一年里经历过的种种事物的影像全都重叠地堆在眼前。不管这些事情怎样庞杂与艰辛、无奈与突兀，我更想从中找到自己的足痕。从春天落英缤纷的京都退藏院到冬日小雨空蒙的雅典德尔菲遗址；从重庆荒芜的红卫兵墓到津南那条神奇的蛤蜊堤；从一个会场到另一个会场，一个活动到另一个活动……究竟哪一些足迹至今清晰犹在，哪一些足迹杂沓模糊甚至早被时光干干净净一抹而去？

我瞪着眼前的重重黑影，使劲看去。就在烛光散布的尽头，忽然看到一双眼睛正直对着我。目光冷峻锐利，逼视而来。这原是我放在那里的一尊木雕的北宋天王像。然而此刻他的目光却变得分外有力。他何以穿过夜的浓雾，穿过漫长的八百年，锐不可当、拷问似的直视着任何敢于朝他瞧上一眼的人？显然，是由于八百年前那位不知名的民间雕工传神的本领、非凡的才气；他还把一种阳刚正气和直逼邪恶的精神注入其中。如今那位无名雕工早已了无踪影，然而他那令人震撼的生命精神却保存下来。

在这里，时光不是分毫不曾消逝吗？

植物死了，把它的生命留在种子里；诗人离去，把他的生命留在诗句里。

时光对于人，其实就是生命的过程。当生命走到终点，不一定消失得没有痕迹，有时它还会转化为另一种形态存在或再生。母与子的生命转换，不就在延续着整个人类吗？再造生命，才是最伟大的生命奇迹。而此中，艺术家们应是最幸福的一种。唯有他们能用自己的生命去再造一个新的生命。小说家再造的是代代相传的人物；作曲家再造的是他们那个可以听到的迷人而永在的灵魂。

此刻，我的眸子闪闪发亮，视野开阔，房间里的一切艺术珍品都一点点地呈现。它们不是被烛光照亮，而是被我陡然觉醒的心智召唤出来的。

其实我最清晰和最深刻的足迹，应是书桌下边，水泥地面上那两个被自己的双足磨成的浅坑。我的时光只有被安顿在这里，它才不会消失，而被我转化成一个个独异又鲜活的生命，以及一行行永不褪色的文字。然而我一年里曾把多少时光抛入尘嚣，或是支付给种种一闪即逝的虚幻的社会场景。甚至有时属于自己的时光反成了别人的恩赐。检阅一下自己创造的人物吧，掂量他们的寿命有多长。艺术家的生命是用他艺术的生命计量的。每个艺术家都有可能达到永恒，放弃掉的只能是自己。是不是？

迎面那宋代天王瞪着我，等我回答。

我无言以对，尴尬到了自感狼狈。

忽然，电来了，灯光大亮，事物通明，恍如更换天地。刚才那片幽阔深远的思想世界顿时不在，唯有烛火空自燃烧，显得多余。再看那宋代的天王像，在灯光里仿佛换了一个神气，不再那样咄咄逼人了。

我也不用回答他，因为我已经回答自己了。

小 病

//
老舍

　　大病往往离死太近，一想便寒心，总以不患为是。即使承认病死比杀头活埋剥皮等死法光荣些，到底好死不如歹活着。半死不活的味道使盖世的英雄泪下如涌呀。拿死吓唬任何生物是不人道的。大病专会这么吓唬人，理当回避，假若不能扫除净尽。

　　可是小病便当另作一说了。山上的和尚思凡，比城里的学生要厉害许多。同样，楚霸王不害病则没得可说，一病便了不得。生活是种律动，须有光有影，有左有右，有晴有雨；滋味就含在这变而不猛的曲折里。微微暗些，然后再明起来，则暗得有趣，而明乃更明；且至明过了度，忽然烧断，如百烛电灯泡然。这个，照直了说，便是小病的作用。常患些小病是必要的。

　　所谓小病，是在两种小药的能力圈内，阿司匹林与清瘟解毒丸是也。这两种药所不治的病，顶好快去请大夫，或者立下遗嘱，备下棺材，也无所不可，咱们现在讲的是自己能当大夫的"小"病。这种小病，平均

第一章　在生命里从容漫步

每个半月犯一次就挺合适。一年四季，平均犯八次小病，大概不会再患什么重病了。自然也有爱患完小病再患大病的人，那是个人的自由，不在话下。

咱们说的这类小病很有趣。健康是幸福；生活要趣味。所以应当讲说一番：

小病可以增高个人的身份。不管一家大小是靠你吃饭，还是你白吃他们，日久天长，大家总对你冷淡。假若你是挣钱的，你越尽责，人们越挑眼，好像你是条黄狗，见谁都得连忙摆尾；一尾没摆到，即使不便明言，也暗中唾你几口。不大离的你必得病一回，必得！早晨起来，哎呀，头疼！买清瘟解毒丸去，还有阿司匹林吗？不在乎要什么，要的是这个声势，狗的地位提高了不知多少。连懂点事的孩子也要闭眼想想了——这棵树可是倒不得呀！你在这时节可以发散发散狗的苦闷了，卫生的要术。你若是个白吃饭的，这个方法也一样灵验。特别是妈妈与老嫂子，一见你真需要阿司匹林，她们会知道你没得到你所应得的尊敬，必能设法安慰你：去听听戏，或带着孩子们看电影去吧？她们诚意地向你商量，本来你的病是吃小药饼或看电影都可以治好的，可是你的身份高多了呢。在朋友中，社会中，光景也与此略同。

此外，小病两日而能自己治好，是种精神的胜利。人就是别投降给大夫。无论国医西医，一律招惹不得。头疼而去找西医，他因不能断证——你的病本来不算什么——一定嘱告你住院，而后详加检验，发现了你的小脚指头不是好东西，非割去不可。十天之后，头疼确是好了，可是足指剩了九个。国医文明一些，不提小脚指头这一层，而说你气虚，一开便是二十味药，他越摸不清你的脉，越多开药，意在把病吓跑。就是不找大夫。预防大病来临，时时以小病发散之，而小病自己会治，这就等于"吃了萝卜喝热茶，气得大夫满街爬"！

有宜注意者：不当害这种病时，别害。头疼，大则失去一个王位，小则能惹出是非。设个小比方：长官约你陪客，你说头疼不去，其结果有不易消化者。怎样利用小病，须在全部生活艺术中搜求出来。看清机会，而后一想象，乃由无病而有病，利莫大焉。

这个，从实际上看，社会上只有一部分人能享受，差不多是一种雅好的奢侈。可是，在一个理想国里，人人应该有这个自由与享受。自然，在理想国内也许有更好的办法；不过，什么办法也不及这个浪漫，这是小品病。

一个人在途上

// 郁达夫

在东车站的长廊下和女人分开以后,自家又剩了孤零丁的一个。频年漂泊惯的两口儿,这一回的离散,倒也算不得什么特别,可是端午节那天,龙儿①刚死,到这时候北京城里虽已起了秋风,但是计算起来,去儿子的死期,究竟还只有一百来天。在车座里,稍稍把意识恢复转来的时候,自家就想起了卢骚晚年的作品《孤独散步者的梦想》的头上的几句话:

  自家除了己身以外,已经没有弟兄,没有邻人,没有朋友,没有社会了。自家在这世上,像这样的,已经成了一个孤独者了……

然而当年的卢骚②还有弃养在孤儿院内的五个儿子,而我自己哩,连

---

① 其长子郁龙儿在五岁时,不幸患脑膜炎夭折。
② 卢梭(1712年6月28日—1778年7月2日),法国十八世纪启蒙思想家、哲学家、教育家、启蒙运动代表人物之一。主要著作有《论人类不平等的起源和基础》《社会契约论》《忏悔录》等。

一个抚育到五岁的儿子都还抓不住！

离家的远别，本来也只为想养活妻儿。去年在某大学的被逐，是万料不到的事情。其后兵乱迭起，交通阻绝，当寒冬的十月，会病倒在沪上，也是谁也料想不到的。今年二月，好容易到得南方，静息了一年之半，谁知这刚养得出趣的龙儿又会遭此凶疾呢？

龙儿的病根，本是在广州得着，匆促北航，到了上海，接连接了几个北京来的电报。换船到天津，已经是旧历的五月初十。到家之夜，一见了门上的白纸条儿，心里已经跳得忙乱，从苍茫的暮色里赶到哥哥家中，见了衰病的她，因为在大众之前，勉强将感情压住。草草吃了夜饭，上床就寝，把电灯一灭，两人只有紧抱的痛哭，痛哭，痛哭，只是痛哭，气也换不过来，更哪里有说一句话的余裕？

受苦的时间，的确脱煞过去的太悠徐，今年的夏季，只是悲叹的连续。晚上上床，两口儿，哪敢提一句话？可怜这两个迷散的灵心，在电灯灭黑的黝暗里，所摸走的荒路，每会凑集在一条线上，这路的交叉点里，只有一块小小的墓碑，墓碑上只有"龙儿之墓"的四个红字。

妻儿因为在浙江老家内不能和母亲同住，不得已而搬往北京当时我在寄食的哥哥家去，是去年的四月中旬。那时候龙儿正长得肥满可爱，一举一动，处处教人欢喜。到了五月初，从某地回京，觉得哥哥家太狭小，就在什刹海的北岸，租定了一间渺小的住宅。夫妻两个日日和龙儿伴乐，闲时也常在北海的荷花深处，及门前的杨柳阴中带龙儿去走走。这一年的暑假，总算过得最快乐，最闲适。

秋风吹叶落的时候，别了龙儿和女人，再上某地大学去为朋友帮忙，

第一章　在生命里从容漫步

当时他们俩还往西车站去送我来哩！这是去年秋晚的事情，想起来还同昨日的情形一样。

过了一月，某地的学校里发生事情，又回京了一次，在什刹海小住了两星期，本来打算不再出京了，然碍于朋友的面子，又不得不于一天寒风刺骨的黄昏，上西车站去乘车。这时候因为怕龙儿要哭，自己和女人，吃过晚饭，便只说要往哥哥家里去，只许他送我们到门口。记得那一天晚上他一个人和老妈子立在门口，等我们俩去了好远，还"爸爸！爸爸！"地叫了好几声。啊啊，这几声的呼唤，是我在这世上听到的他叫我的最后的声音！

出京之后，到某地住了一宵，就匆促逃往上海。接续便染了病，遇了强盗辈的争夺政权，其后赴南方暂住，一直到今年的五月，才返北京。

想起来，龙儿实在是一个填债的儿子，是当乱离困厄的这几年中间，特来安慰我和他娘的愁闷的使者！

自从他在安庆生落以来，我自己没有一天脱离过苦闷，没有一处安住到五个月以上。我的女人，也和我分担着十字架的重负，只是东西南北的奔波漂泊。然当日夜难安，悲苦得不了的时候，只教他的笑脸一开，女人和我，就可以把一切穷愁，丢在脑后。而今年五月初十待我赶到北京的时候，他的尸体，早已在妙光阁的广谊园地下躺着了。

他的病，说是脑膜炎。自从得病之日起，一直到旧历端午节的午时绝命的时候止，中间经过有一个多月的光景。平时被我们宠坏了的他，听说此番病里，却乖顺得非常。叫他吃药，他就大口地吃，叫他用冰枕，他就很柔顺地躺上。病后还能说话的时候，只问他的娘"爸爸几时回来?""爸爸在上海为我定做的小皮鞋,已经做好了没有?"我的女人,于惑乱之余,每幽幽地问他:"龙!你晓得你这一场病,会不会死的?"他老是很不愿意地回答说:"哪儿会死的哩?"据女人含泪地告诉我说,他的谈吐,绝不似一个五岁的小儿。

未病之前一个月的时候,有一天午后他在门口玩耍,看见西面来了一乘马车,马车里坐着一个戴灰白帽子的青年。他远远看见,就急忙丢下了伴侣,跑进屋里去叫他娘出来,说:"爸爸回来了,爸爸回来了!"因为我去年离京时所戴的,是一样的一顶白灰呢帽。他娘跟他出来到门前,马车已经过去了,他就死劲地拉住了他娘,哭喊着说:"爸爸怎么不家来吓?爸爸怎么不家来吓?"他娘说慰了半天,他还尽是哭着,这也是他娘含泪和我说的。现在回想起来,自己实在不该抛弃了他们,一个人在外面流荡,致使他那小小的灵心,常有这望远思亲之痛。

去年六月,搬往什刹海之后,有一次我们在堤上散步,因为他看见了人家的汽车,硬是哭着要坐,被我痛打了一顿。又有一次,也是因为要穿洋服,受了我的毒打。这实在只能怪我做父亲的没有能力,不能做洋服给他穿,雇汽车给他坐。早知他要这样的早死,我就是典当抢劫,也应该去弄一点钱来,满足他的无邪的欲望。到现在追想起来,实在觉得对他不起,实在是我太无容人之量了。

我女人说,濒死的前五天,在病院里,他连叫了几夜的爸爸!她问他"叫爸爸干什么?"他又不响了,停一会儿,就又再叫起来。到了旧历五月初三日,他已入了昏迷状态,医师替他抽骨髓,他只会直叫一声"干吗?"喉头的气管,咯咯在抽咽,眼睛只往上吊送,口头流些白沫,然而一口气总不肯断。他娘哭叫几声"龙！龙！"他的眼角上，就会迸流些眼泪出来，后来他娘看他苦得难过，倒对他说：

"龙！你若是没有命的，就好好地去吧！你是不是想等爸爸回来？就是你爸爸回来，也不过是这样的替你医治罢了。龙！你有什么不了的心愿呢？龙！与其这样地抽咽受苦，你还不如快快地去吧！"

他听了这一段话，眼角上的眼泪，更是涌流得厉害。到了旧历端午节的午时，他竟等不着我的回来，终于断气了。

丧葬之后，女人搬往哥哥家里，暂住了几天。我于五月十日晚上，下车赶到什刹海的寓宅，打门打了半天，没有应声，后来抬头一看，才见了一张告示邮差送信的白纸条。

自从龙儿生病以后，连日连夜看护久已倦了的她，又哪里经得起最后的这一个打击？自己当到京之夜，见了她的衰容，见了她的泪眼，又哪里能够不痛哭呢？

在哥哥家里小住了两三天，我因为想追求龙儿生前的遗迹，一定要女人和我仍复搬回什刹海的住宅去住它一两个月。

搬回去那天，一进上屋的门，就见了一张被他玩破的今年正月里的花灯。听说这张花灯，是南城大姨妈送他的，因为他自家烧破了一个窟窿，他还哭过好几次来的。

其次，便是上房里砖上的几堆烧纸钱的痕迹！当他下殓时烧给他的。

院子里有一架葡萄，两棵枣树，去年采取葡萄枣子的时候，他站在树下，兜起了大褂，仰头在看树上的我。我摘取一颗，丢入他的大褂兜里，他的哄笑声，要继续到三五分钟。今年这两棵枣树，结满了青青的枣子，风起的半夜里，老有熟极的枣子辞枝自落。女人和我，睡在床上，有时候且哭且谈，总要到更深人静，方能入睡。在这样的幽幽的谈话中间，最怕听的，就是这滴答的坠枣之声。

到京的第二日，和女人去看他的坟墓。先在一家南纸铺里买了许多冥府的钞票，预备去烧送给他。直到到了妙光阁的广谊园茔地门前，她方从呜咽里清醒过来，说："这是钞票，他一个小孩如何用得呢？"就又回车转来，到琉璃厂去买了些有孔的纸钱。她在坟前哭了一阵，把纸钱钞票烧化的时候，却叫着说：

"龙！这一堆是钞票，你收在那里，待长大了的时候再用，要买什么，你先拿这一堆钱去用吧！"

这一天在他的坟上坐着，我们直到午后七点，太阳平西的时候，才回家来。临走的时候，他娘还哭叫着说：

"龙！龙！你一个人在这里不怕冷静的么？龙！龙！人家若来欺你，你晚上来告诉娘吧！你怎么不想回来了呢？你怎么梦也不来托一个呢？"

箱子里，还有许多散放着的他的小衣服。今年北京的天气，到七月中旬，已经是很冷了。当微凉的早晚，我们俩都想换上几件夹衣，然而因为怕见到他旧时的夹衣袍袜，我们俩却尽是一天一天的挨着，谁也不说出口来，说"要换上件夹衫"。

有一次和女人在那里睡午觉，她骤然从床上坐了起来，鞋也不穿，光着袜子，跑上了上房起坐室里，并且更掀帘跑上外面院子里去。我也莫名其妙跟着她跑到外面的时候，只见她在那里四面找寻什么，找寻不着，呆立了一会，她忽然放声哭了起来，并且抱住了我急急地追问说：

第一章　在生命里从容漫步

"你听不听见？你听不听见？"哭完之后，她才告诉我说，在半醒半睡的中间，她听见"娘！娘！"地叫了两声，的确是龙的声音，她很坚定地说："的确是龙回来了。"

北京的朋友亲戚，为安慰我们起见，今年夏天常请我们俩去吃饭听戏，她老不愿意和我同去，因为去年的六月，我们无论上那里去玩，龙儿是常和我们在一处的。

今年的一个暑假，就是这样的，在悲叹和幻梦的中间消逝了。

这一回南方来催我就道的信，过于匆促，出发之前，我觉得还有一件大事情没有做了。

中秋节前新搬了家，为修理房屋，部署杂事，就忙了一个星期。出发之前，又因了种种琐事，不能抽出空来，再上龙儿的墓地里去探望一回。女人上东车站来送我上车的时候，我心里尽酸一阵痛一阵地在回念这一件恨事。有好几次想和她说出来，教她于两三日后再往妙光阁去探望一趟，但见了她的憔悴尽的颜色，和苦忍住的凄楚，又终于一句话也没有讲成。

现在去北京远了，去龙儿更远了，自家只一个人，只是孤零丁的一个人，在这里继续此生中大约是完不了的漂泊。

1926 年 10 月 5 日

第二章

风景这边独好

香山红叶

//

杨朔

早听说香山红叶是北京最浓最浓的秋色，能去看看，自然乐意。我去的那日，天也作美，明净高爽，好得不能再好了；人也凑巧，居然找到一位老向导。这位老向导就住在西山脚下，早年做过四十年的向导，胡子都白了，还是腰板挺直，硬朗得很。

我们先邀老向导到一家乡村小饭馆里吃饭。几盘野味，半杯麦酒，老人家的话来了，慢言慢语说："香山这地方也没别的好处，就是高，一进山门，门槛跟玉泉山顶一样平。地势一高，气也清爽，人才爱来。春天人来踏青，夏天来消夏，到秋天——"一位同游的朋友急着问："不知山上的红叶红了没有？"

老向导说："还不是正时候。南面一带向阳，也该先有红的了。"

于是用完酒饭，我们请老向导领我们顺着南坡上山。好清静的去处啊。沿着石砌的山路，两旁满是古松古柏，遮天蔽日的，听说三伏天走在树荫里，也不见汗。

第二章 风景这边独好

老向导交叠着两手搭在肚皮上，不紧不慢走在前面，总是那么慢言慢语说："原先这地方什么也没有，后面是一片荒山，只有一家财主雇了个做活的给他种地、养猪。猪食倒在一个破石槽里，可是倒进去一点食，猪怎么吃也吃不完。那做活的觉得有点怪，放进石槽里几个铜钱，钱也拿不完，就知道这是个聚宝盆了。到算工账的时候，做活的什么也不要，单要这个石槽。一个破石槽能值几个钱？财主乐得送个人情，就给了他。石槽太重，做活的扛到山里，就扛不动了，便挖个坑埋好，怕忘了地点，又拿一棵松树和一棵柏树插在上面做记号，自己回家去找人帮着抬。谁知返回来一看，满山都是松柏树，数也数不清。"谈到这儿，老人又慨叹说："这真是座活山啊。有山就有水，有水就有脉，有脉就有苗，难怪人家说下面埋着聚宝盆。"

这当儿，老向导早带我们走进一座挺幽雅的院子，里边有两眼泉水。石壁上刻着"双清"两个字。老人围着泉水转了转说："我有十年不上山了，怎么有块碑不见了？我记得碑上刻的是'梦赶泉'。"接着又告诉我们一个故事，说是元朝有个皇帝来游山，倦了，睡在这儿，梦见身子坐在船上，脚下翻着波浪，醒来叫人一挖脚下，果然冒出股泉水，这就是"梦赶泉"的来历。

老向导又笑笑说："这都是些乡村野话，我怎么听来的，怎么说，你们也不必信。"

听着这个白胡子老人絮絮叨叨谈些离奇的传说，你会觉得香山更富有迷人的神话色彩。我们不会那么煞风景，偏要说不信。只是一路上山，怎么连一片红叶也看不见？

老人说:"你先别急,一上半山亭,什么都看见了。"

我们上了半山亭,朝东一望,真是一片好景。茫茫苍苍的河北大平原就摆在眼前,烟树深处,正藏着我们的北京城。也妙,本来也算有点气魄的昆明湖,看起来只像一盆清水。万寿山、佛香阁,不过是些点缀的盆景。我们都忘了看红叶。红叶就在高头山坡上,满眼都是,半黄半红的,倒还有意思。可惜叶子伤了水,红的又不透。要是红透了,太阳一照,那颜色该有多浓。

我望着红叶,问:"这是什么树?怎么不大像枫叶?"

老向导说:"本来不是枫叶嘛。这叫红树。"就指着路边的树,说:"你看看,就是那种树。"

路边的红树叶子还没红,所以我们都没注意。我走过去摘下一片,叶子是圆的,只有叶脉上微微透出点红意。

我不觉叫:"哎呀!还香呢。"把叶子送到鼻子上闻了闻,那叶子发出一股轻微的药香。

另一位同伴也嗅了嗅,叫:"哎呀!是香。怪不得叫香山。"

老向导也慢慢说:"真是香呢。我怎么做了四十年向导,早先就没闻见过?"

我的老大爷,我不十分清楚你过去的身世,但是从你脸上密密的纹路里,猜得出你是个久经风霜的人。你的心过去是苦的,你怎么能闻到红叶的香味?我也不十分清楚你今天的生活,可是你看,这么大年纪的一个老人,爬起山来不急,也不喘,好像不快,我们可总是落在后边,跟不上。有这样轻松脚步的老年人,心情也该是轻松的,还能不闻见红叶香？

　　老向导就在满山的红叶香里，领着我们看了"森玉笏""西山晴雪"、昭庙，还有别的香山风景。下山的时候，将近黄昏。一仰脸望见东边天上现出半轮上弦的白月亮，一位同伴忽然记起来，说："今天是不是重阳？"一翻身边带的报纸，原来是重阳的第二日。我们这一次秋游，倒应了重九登高的旧俗。

　　也有人觉得没看见一片好红叶，未免美中不足。我却摘到一片更可贵的红叶，藏到我心里去。这不是一般的红叶，这是一片曾在人生中经过风吹雨打的红叶，越到老秋，越红得可爱。不用说，我指的是那位老向导。

1956 年

春天最初是闻到的

//

冯骥才

　　一年一度此时此刻，我都会站在料峭的寒气里，期待着春的到来。

　　因为我知道，若要"知春"可不能等到"隔岸观柳"；不能等到远远河边的柳林已经泛出绿意，或是那变松变软变得湿漉漉的土地已经钻出草芽——那可就晚了。春的到来远比这些景象的出现早得多，一直早到冬天犹存的天地里。你把冻得发红的鼻子伸进挺凉甚至挺冷的空气里，忽然，一股子清新的、熟悉的、久违的气息，钻进鼻孔，并一下子钻进你的心里。它让你忽然感到天地要为之一新了，你立即意识到春天来了！

　　可是，当你伸着鼻子着意一吸，想再闻一闻这神奇的气味时，它又骤然消失，仿佛一闪即逝。你环顾四周，仍是一派冬之凋敝，地冻天寒。然而，不知什么地方什么时候，这气味忽又出现。就像初恋之初，你所感受到的那种幸福的似是而非。当你感到"非"时便陷入一片空茫，在你感到"是"时则怦然心动。原来，春天最初是在飘忽不定之中，若隐若现、似有若无。它不是一种形态，而是一种气味，一种气息——一种苏醒的大地生命散发出的气息。

这时，你去留心一下。鸟雀们的叫声里是否多了一点兴奋与光亮？那些攀附在被太阳晒暖的墙壁上的藤条，看上去依旧干枯，你用指甲抠一下它黑褐色的外皮，你会发现这茎皮下边竟是鲜嫩鲜嫩的绿。春天不声不响地埋伏在万物之中。这天地表面依旧如同冬天里那样冷寂而肃穆。但春是一种生命。凡是生命都是不可遏止的。生命的本质是生。谁能阻遏生的力量？冬天没有一次关住过春天，也永远不会关住春天。所以在它出现之前，已经急不可待地把它的气息精灵一般的散发出来，透露给你。所以，春天最先是闻到的。

故此，我喜欢在这个季节里，静下心来去期待春天与寻找春天。体验与享受春之初至那一刻特有的诱惑。这种诱惑是大自然生命的诱惑，也是一种改天换地更新的诱惑。

去把冻红的鼻子伸进这寒冷的空气中吧。

2012 年 2 月 26 日

潭柘寺、戒坛寺

// 朱自清

早就知道潭柘寺[①]、戒坛寺。在商务印书馆的《北平指南》上，见过潭柘的铜图，小小的一块，模模糊糊的，看了一点没有想去的意思。后来不断地听人说起这两座庙；有时候说路上不平静，有时候说路上红叶好。说红叶好的劝我秋天去；但也有人劝我夏天去。有一回骑驴上八大处，赶驴的问逛过潭柘没有，我说没有。他说潭柘风景好，那儿满是老道，他去过，离八大处七八十里地，坐轿骑驴都成。我不大喜欢老道的装束，尤其是那满蓄着的长头发，看上去啰里啰唆，龌里龌龊的。更不想骑驴走七八十里地，因为我知道驴子与我都受不了。真打动我的倒是"潭柘寺"这个名字。不懂不是？就是不懂的妙。躲懒的人念成"潭拓寺"，那更莫名其妙了。这怕是中国文法的花样；要是来个欧化，说是"潭和柘的寺"，那就用不着咬嚼或吟味了。还有在一部诗话里看见近人

[①] 潭柘寺位于北京市门头沟区东南部的潭柘山麓。寺始建于西晋怀帝永嘉元年（307年），是北京有记载的年代最久远的寺庙。因寺以龙潭和柘树闻名，俗称潭柘寺。

咏戒台松的七古，诗腾挪天矫，想来松也如此。所以去。但是在夏秋之前的春天，而且是早春；北平的早春是没有花的。

这才认真打听去过的人。有的说住潭柘好，有的说住戒坛好。有的人说路太难走，走到了筋疲力尽，再没兴致玩儿；有人说走路有意思。又有人说，去时坐了轿子，半路上前后两个轿夫吵起来，把轿子搁下，直说不抬了。于是心中暗自决定，不坐轿，也不走路；取中道，骑驴子。又按普通说法，总是潭柘寺在前，戒坛寺在后，想着戒坛寺一定远些；于是决定住潭柘，因为一天回不来，必得住。门头沟下车时，想着人多，怕雇不着许多驴，但是并不然——雇驴的时候，才知道戒坛去便宜一半，那就是说近一半。这时候自己忽然逗起能来，要走路。走吧。

这一段路可够瞧的。像是河床，怎么也挑不出没有石子的地方，脚底下老是绊来绊去的，教人心烦。又没有树木，甚至于没有一根草。这一带原是煤窑，拉煤的大车往来不绝，尘土里饱和着煤屑，变成黯淡的深灰色，教人看了透不出气来。走一点钟光景。自己觉得已经有点办不了，怕没有走到便筋疲力尽；幸而山上下来一条驴，如获至宝似的雇下，骑上去。这一天东风特别大。平常骑驴就不稳，风一大真是祸不单行。山上东西都有路，很窄，下面是斜坡；本来从西边走，驴夫看风势太猛，将驴拉上东路。就这么着，有一回还几乎让风将驴吹倒；若走西边，没有准儿会驴我同归哪。想起从前人画风雪骑驴图，极是雅事；大概那不是上潭柘寺去的。驴背上照例该有些诗意，但是我，下有驴子，上有帽子眼镜，都要照管；又有迎风下泪的毛病，常要掏手巾擦干。当其时真恨不得生出第三只手来才好。

东边山峰渐起，风是过不来了；可是驴也骑不得了，说是坎儿多。坎儿可真多。这时候精神倒好起来了：崎岖的路正可以练腰脚，处处要眼到心到脚到，不像平地上。人多更有点竞赛的心理，总想走上最前头去，再则这儿的山势虽然说不上险，可是突兀，丑怪，巉刻的地方有的是。我们说这才有点儿山的意思；老像八大处那样，真教人气闷闷的。于是一直走到潭柘寺后门；这段坎儿路比风里走过的长一半，小驴毫无用处，驴夫说："咳，这不过给您做个伴儿！"

墙外先看见竹子，且不想进去。又密，又粗，虽然不够绿。北平看竹子，真不易。又想到八大处了，大悲庵殿前那一溜儿，薄得可怜，细得也可怜，比起这儿，真是小巫见大巫了。进去过一道角门，门旁突然亭亭地矗立着两竿粗竹子，在墙上紧紧地挨着；要用批文章的成语，这两竿竹子足称得起"天外飞来之笔"。

正殿屋角上两座琉璃瓦的鸱吻，在台阶下看，值得徘徊一下。神话说殿基本是青龙潭，一夕风雨，顿成平地，涌出两鸱吻。只可惜现在的两座太新鲜，与神话的朦胧幽秘的境界不相称。但是还值得看，为的是大得好，在太阳里嫩黄得好，闪亮得好；那拴着的四条黄铜链子也映衬得好。寺里殿很多，层层折折高上去，走起来已经不平凡，每殿大小又不一样，塑像摆设也各出心裁。看完了，还觉得无穷无尽似的。正殿下延清阁是待客的地方，远处群山像屏障似的。屋子结构甚巧，穿来穿去，不知有多少间，好像一所大宅子。可惜尘封不扫，我们住不着。话说回来，这种屋子原也不是预备给我们这么多人挤着住的。寺门前一道深沟，上有石桥；那时没有水，或是现在去，倚在桥上听潺潺的水声，倒也可以忘我忘世。过桥四株马尾松，枝枝覆盖，叶叶交通，另成一个境界。西边小山上有个古观音洞。洞无可看，但上去时在山坡上看潭柘的侧面，宛如仇十洲的《仙山楼阁图》；往下看是陡峭的沟岸，越显得深深无极，潭柘简直有海上蓬莱的意味了。寺以泉水著名，到处有石槽引水长流，倒也涓涓可爱。只是流觞亭雅得那样俗，在石地上楞刻着蚯蚓般的槽；那样流觞，怕只有孩子们愿意干。现在兰亭的"流觞曲水"也和这儿的一鼻孔出气，不过规模大些。晚上因为带的铺盖薄，冻得睁着眼，却听了一夜的泉声；心里想要不冻着，这泉声够多清雅啊！寺里并无一个老道，但那几个和尚，满身铜臭，满眼势利，教人老不能忘记，倒也麻烦的。

第二天清早，二十多人满雇了牲口，向戒坛而去，颇有浩浩荡荡之势。我的是一匹骡子，据说稳得多。这是第一回，高高兴兴骑上去。这一路要翻罗喉岭。只是土山，可是道儿窄，又曲折；虽不高，老那么凸凸凹凹的。许多处只容得一匹牲口过去。平心说，是险点儿。想起古来用兵，从间道袭敌人，许也是这种光景吧。

戒坛在半山上，山门是向东的。一进去就觉得平旷；南面只有一道低低的砖栏，下边是一片平原，平原尽处才是山，与众山屏蔽的潭柘气象便不同。进二门，更觉得空阔疏朗，仰看正殿前的平台，仿佛汪洋千顷。这平台东西很长，是戒坛最胜处，眼界最宽，教人想起"振衣千仞冈"的诗句。三株名松都在这里。"卧龙松"与"抱塔松"同是偃仆的姿势，身躯奇伟，鳞甲苍然，有飞动之意。"九龙松"老干槎枒，如张牙舞爪一般。若在月光底下，森森然的松影当更有可看。此地最宜低回流连，不是匆匆一览所可领略。潭柘以层折胜，戒坛以开朗胜；但潭柘似乎更幽静些。戒坛的和尚，春风满面，却远胜于潭柘的；我们之中颇有悔不该在潭柘的。戒坛后山上也有个观音洞。洞宽大而深，大家点了火把嚷嚷闹闹地下去；半里光景的洞满是油烟，满是声音。洞里有石虎，石龟，上天梯，海眼等等，无非是凑凑人的热闹而已。

还是骑骡子。回到长辛店的时候，两条腿几乎不是我的了。

陶 然 亭

张恨水

陶然亭①好大一个名声，它就跟武昌黄鹤楼、济南趵突泉一样。来过北京的人回家后，家里人一定会问："你到过陶然亭吗？"因之在三十五年前，我到北京的第一件事，就是去逛陶然亭。

那时候没有公共汽车，也没有电车。找了一个三秋日子，真可以说是云淡风轻，于是前去一逛。可是路又极不好走，满地垃圾，坎坷不平，高一脚，低一脚。走到陶然亭附近，只看到一片芦苇，远处呢，半段城墙。至于四周人家，房屋破破烂烂。不仅如此，到处还有乱坟葬埋。虽然有些树，但也七零八落，谈不到什么绿荫。我手拂芦苇，慢慢前进。可是飞虫乱扑，最可恨是苍蝇蚊子到处乱钻。我心想，陶然亭就是这个样子吗？

所谓陶然亭，并不是一个亭，是一个土丘，丘上盖了一所庙宇。不

---

① 陶然亭，又称"江亭"，位于北京市西城区太平街19号陶然亭公园内，始建于清康熙三十四年（1695年），是中国四大名亭之一。

过北西南三面，都盖了一列房子，靠西的一面还有廊子，有点像水榭的形式。登这廊子一望，隐隐约约望见一抹西山，其近处就只有芦苇遍地了。据说这一带地方是饱经沧桑的，早年原不是这样，有水，有船，也有些树木。清朝康熙年间，有位工部郎中江藻，他看此地还有点野趣，就在这庙里盖了三间西厅房。采用了白居易的诗："更待菊黄家酿熟，与君一醉一陶然"的句子，称它作陶然亭；后来成为一些文人在重阳登高宴会之所。到了乾隆年间，这地方成了一片苇塘。乱坟本来就有，以后年年增加，就成为三十五年前我到北京来的模样了。

过去，北京景色最好的地方，都是皇帝的禁苑，老百姓是不能去的。只有陶然亭地势宽阔，又有些野景，它就成为普通百姓以及士大夫游览聚会之地。同时，应科举考试的人，中国哪一省都有，到了北京，陶然亭当然去逛过。因之陶然亭的盛名，在中国就传开了。我记得作《花月痕》的魏子安，有两句诗说陶然亭，"水近万芦吹絮乱，天空一雁比人轻"。这要说到气属三秋的时候，说陶然亭还有点像。可是这三十多年以来，陶然亭一年比一年坏。我三度来到北京，而且住的日子都很长，陶然亭虽然去过一两趟，总觉得"水近万芦吹絮乱"句子而外，其余一点什么都没有。真是对不住那个盛名了。

一九五五年听说陶然亭修得很好；一九五六年听说陶然亭更好，我就在六月中旬，挑了一个晴朗的日子，带着我的妻女，坐公共汽车前去。一望之间，一片绿荫，露出两三个亭角，大道宽坦，两座辉煌的牌坊，遥遥相对。还有两路小小的青山，分踞着南北。好像这就告诉人，山外还有山呢。妻说："这就是陶然亭吗？我自小在这附近住过好多年，怎么

第二章　风景这边独好

改造得这样好，我一点都不认识了。"我指着大门边一座小青山说："你看，这就是窑台，你还认得吗？"妻说："哎呀！这山就是窑台？这地方原是个破庙，现在是花木成林，还有石坡可上啊！"她是从童年就生长在这里的人，现在连一点都不认得了。从她吃惊的情形就可以感觉到：陶然亭和从前一比，不知好到什么地步了。

陶然亭公园里面沿湖有三条主要的大路，我就走了中间这条路，路面是非常平整的。从东到西约两里多路宽的地方，挖了很大很深的几个池塘，曲折相连。北岸有游艇出租处，有几十只游艇，停泊在水边等候出租。我走不多远，就看见两座牌坊，雕刻精美，金碧辉煌，仿佛新制的一样。其实是东西长安街的两个牌楼迁移到这里重新修起来的。这两座妨碍交通的建筑在这里总算找到了它的归宿。

走进几步，就是半岛所在，看去，两旁是水，中间是花木。山脚一座凌霄花架，作为游人纳凉的地方。山上有一四方凉亭。山后就是过去香冢遗迹了。原来立的碑，尚完整存在，一诗一铭，也依然不少分毫。我看两个人在这里念诗，有一个人还是斑白胡子呢。顺着一条岔路，穿过几棵大树上前，在东角突然起一小山，有石级可以盘曲着上去。那里绿荫蓬勃，都是新栽不久的花木，都有丈把高了。这里也有一个亭子，站在这里，只觉得水木清华，尘飞不染。我点点头说：这里很不错啊！

西角便是真正陶然亭了。从前进门处是一个小院子，西边脚下，有几间破落不堪的屋子。现在是一齐拆除，小院子成了平地，当中又栽了十几棵树，石坡也改为水泥面的。登上土坛，只见两棵二百年的槐树，正是枝叶葱茏。远望四围一片苍翠，仿佛是绿色屏障，再要过了几年，这周围的树，更大更密，那园外尽管车水马龙，一概不闻不见，园中清静幽雅，就成为另一世界了。我们走进门去，过厅上挂了一块匾，大书"陶然"二字。那几间庙宇，可以不必谈。西南北三面房屋，门户洞开，偏西一面有一带廊子，正好远望。房屋已经过修饰，这里有服务处卖茶，并有茶点部。坐在廊下喝茶，感到非常幽静。

近处隔湖有云绘楼，水榭下面，清池一湾，有板桥通过这个半岛。我心里暗暗称赞："这样确是不错！"我妻就问："有一些清代的小说之类，说起饮酒陶然亭，就是这里吗？"我说："不错，就是我们坐的这里。你看这墙上嵌了许多石碑，这就是那些士大夫们留的文墨。至于好坏一层，用现在的眼光看起来，那总是好的很少吧。"

坐了一会，我们出了陶然亭，又跨过了板桥，这就上了云绘楼。这楼有三层，雕梁画栋，非常华丽。往西一拐，露出了两层游廊，游廊尽处，又是一层，题曰清音阁。阁后有石梯，可以登楼。这楼在远处觉得十分富丽雄壮，及向近处看，又曲折纤巧。打听别人，才知道原来是从中南海移建过来的。它和陶然亭隔湖相对，增加不少景色。

公园南面便是旧城脚下，现已打通了一个豁口。沿湖岸东走，处处都是绿荫，水色空蒙，回头望望，湖中倒影非常好看。又走了半里路，面前忽然开朗，有一个水泥面的月形舞场，四周柱灯林立。舞池足可以容纳得下二三百人。当夕阳西下，各人完了工，邀集二三友好，或者泛舟湖面，或者就在这里跳舞，是多好的娱乐啊！对着太平街另外一门，杨柳分外多，一面青山带绿，一面是清水澄明，阵阵轻风，扑人眉发。晚来更是清静。再取道西进，路北有小山一叠，有石级可上，山上还有一亭小巧玲珑。附近草坪又厚又软。这里的草，是河南来的，出得早，枯萎得晚，加之经营得好，就成了碧油油的一片绿毯了。

回头，我们又向西慢慢地徐行。过了儿童体育场，和清代时候盖的抱冰堂，就到了三个小山合抱的所在，这三个小山，把园内西南角掩藏了一些。如果没有这山，就直截了当地看到城墙这么一段，就没有这样妙了。

园内几个池塘，共有二百八十亩大，一九五二年开工，只挖了一百七十天就完工了，挖出的土就堆成七个小山，高低参差，增加了立体的美感。

这一趟游陶然亭公园，绕着这几座山共走了约五里路，临行还有一点留恋。这个面目一新的陶然亭，引起我不少深思。要照从前的秽土成堆，那过个两三年就湮没了。有些知道陶然亭的人，恐怕只有在书上找它的陈迹了吧？现在逛陶然亭真是其乐陶陶了。

雪夜

//

石评梅

北京城落了这样大这样厚的雪，我也没有兴趣和机缘出去鉴赏，我只在绿屋给受伤倒卧的朋友煮药煎茶。寂静的黄昏，窗外飞舞着雪花，一阵紧是一阵，低垂的帐帷中传出的苦痛呻吟，一声惨似一声！我黑暗中坐在火炉畔，望着药壶的蒸汽而沉思。

如抽乱丝般的脑海里，令我想到关乎许多雪的事，和关乎许多病友的事，绞思着陷入了一种不堪说的情状；推开门我看着雪，又回来揭起帐门看看病友，我真不知心境为什么这样不安定而彷徨？我该诅咒谁呢？是世界还是人类？我望着美丽的雪花，我赞美这世界，然而回头听见病友的呻吟时，我又诅咒这世界。我们都是负着创痛倒了又挣扎，倒了又挣扎，失败中还希冀胜利的战士。这世界虽冷酷无情，然而我们还奢望用我们的热情去温暖，这世界虽残毒狠辣，而我们总祷告用我们的善良心灵去改换。如今，我们在战线上又受了重创，我们微小的力量，只赚来这无限的忧伤！何时是我们重新挣扎的时候，何时是我们战胜凯

第二章 风景这边独好

旋的时候？我只向熊熊的火炉祷祝他给与我们以力量，使这一剂药能医治我病友霍然使她能驰驱赴敌再扫阴霾！

黄昏去了，夜又来临，这时候瑛弟踏雪来看病友，为了人间的烦恼，令他天真烂漫的面靥上，也重重地罩了愁容，这真是不幸的事，不过我相信一个人的生存，只是和苦痛搏战，这同时也在一件极平淡而庸常无奇的事吧！我又何必替众生来忏悔？

给她吃了药后，我才离开绿屋，离开时我曾想到她这一夜辗转哀泣的呻吟，明天朝霞照临时她惨白的面靥一定又瘦削了不少！爱怜，同情，我真不愿再提到了，罪恶和创痛何尝不是基于这些好听的名词，我不敢诅咒人类，然而我又何能轻信人类……所以我在这种情境中，绝不敢以这些好听的名词来施恩于我的病友；我只求赐她以愚钝，因为愚钝的人，或者是幸福的人，然而天又赋她以伶俐聪慧以自戕残。

出了绿屋我徘徊在静白的十字街头了，这粉装玉琢的街市，是多么幽美清冷值得人鉴赏和赞美！这时候我想到荒凉冷静的陶然亭，伟大庄严的天安门，萧疏辽阔的什刹海，富丽娇小的公园，幽雅闲散的北海，就是这热闹多忙的十字街头，也另有一种雪后的幽韵，镇天被灰尘泥土蔽蒙了的北京，我落魄在这里许多年，四周只有层层黑暗的网罗束缚着，重重罪恶的铁闸紧压着，空气里那样干燥，生活里那样枯涩，心境里那样苦闷，更何必再提到金迷沉醉的大厦外，啼饥号寒的呻吟。然而我终于在这般梦中惊醒，睁眼看见了这样幽美神妙的世界，我只为了一层转瞬即消逝的雪幕而感到欣慰，由欣慰中我又发现了许多年未有的惊叹，纵然是只如磷火在黑暗中细微的闪烁，然而我也认识了宇宙尚有这一刹

061

那的改换和遮蔽,我希望,我愿一切的人情世事都有这样刹那的发现,改正我这对世界浮薄的评判。

过顺治门桥梁时,一片白雪,隐约中望见如云如雾两行挂着雪花的枯树枝,和平坦洁白的河面。这时已夜深了,路上行人稀少,远远只听见犬吠的声音,和悠远清灵的钟声。沙沙地我足下践踏着在电灯下闪闪银光的白雪直觉到恍非人间世界。城墙上参差的砖缘,披罩着一层一层的白雪,抬头望:又看见城楼上粉饰的雪顶,和挂悬下垂的流苏。底下现出一个深黑的洞,远望见似乎是个不堪设想的一个恐怖之洞门。我立在这寂静的空洞中往返回顾而踟蹰,我真想不到扰攘拥挤的街市上,也有这样沉寂冷静时候。

过了宣武门洞,一片白地上,远远望见万盏灯火,人影蠕动的单牌楼,真美,雪遮掩了一切污浊和丑恶。在这里是十字街头了,朋友们,不少和我一样爱好雪的朋友们,你们在这清白皎洁的雪光下,映出来的影子,践踏下的足踪,是怎么光明和伟大!今夜我投身到这白茫茫的雪镜中,我只照见了自己的渺小和阴暗,身心的四周何尝能如雪的透明纯洁;因为雪才反映出我自己的黑暗和污浊,我认识自己只是一个和罪恶的人类一样的影子,我又哪能以轻薄的心理去责备人类,和这本来不清明的世界呢!朋友!我知所忏悔了!

爱恋着雪夜,爱恋着这刹那的雪景,我虽然因夜深不能去陶然亭,什刹海,北海,公园,然而我禁不住自己的意志,我的足踪忽然走向天安门,过西安门饭店的门前时,看见停着的几辆汽车,上边都是白雪,四轮深陷在雪里,黑暗的车厢中有蜷伏着的人影,高耸的洋楼在夜的云

第二章　风景这边独好

霄中扑迎着雪花，一盏盏的半暗的电灯下照出门前零乱的足痕，我忽然想起赖婚中的一幕来，这门前有几分像呢！

走向前，走向前，丁丁当当的电车过去了，我只望着它车轮底的火花微笑！我骄傲，我是冒着雪花走向前去的，我未曾借助于什么而达到我的目的，我只是走向前，走向前。

进了西长安街的大森林，我远远看见天边四周都现着浅红，疏疏的枝丫上堆着雪花，风过处纷纷地飞落下来，和我的眼泪滴在这地上一样。过这森林时我抱着沉重的怆痛，我虽然能忆起往日和君宇走过时的足踪在那里，但我又怎敢想到城南一角黄土下已埋葬了两年的君宇，如今连梦都无。

过了三门洞，呵！这伟大庄严的天安门，只有白，只有白，只有白，漫天漫地一片皆白，我一步一步像拜佛的虔诚般走到了白石桥梁下，石狮龙柱之前，我抬头望着红墙碧瓦巍然高耸的天安门，我怪想着往日帝皇的尊严，和这故宫中遗留下的荒凉。踏上了无人践踏的石桥，立在桥上远望灯光明灭的正阳门，我傲然地立了多时，我觉着心境逐渐地冷静沉默，至于无所兴感这又是我的世界，这如梦似真的艺术化的世界。下了桥我又一直向前去，那新栽的小松上，满缀了如流苏似的雪花，一列一列远望去好像撑着白裙的舞女。前面有一盏光明的灯照着，我向前去了几步，似乎到了中山先生铜像基础旁便折回来。灯光雪光照映在我面上，这时我觉心地很洁白纯真，毫无阴翳遮蔽，因为我已不是在这世界上，我脱了一切人间的衣裳，至少我也是初来到这世界上。

我自己不免受人间一切翳蒙，我才爱白雪，而雪真能洗涤我心灵至于如雪冷洁；我还奢望着，奢望人间一切的事物和主持世界的人类，也能给雪以洗涤的机会，那么，我相信比用血来扑灭反叛的火焰还要有效！

先农坛[①]

许地山

曾经一度繁华过的香厂，现在剩下些破烂不堪的房子，偶尔经过，只见大兵们在广场上练国技。望南再走，排地摊的犹如往日，只是好东西越来越少，到处都看见外国来的空酒瓶，香水樽，胭脂盒，乃至簇新的东洋磁器，估衣摊上的不入时的衣服，"一块八""两块四"叫卖的伙计连翻带地兜揽，买主没有，看主却是很多。

在一条凹凸得格别的马路上走，不觉进了先农坛的地界。从前在坛里唯一新建筑，"四面钟"，如今只剩一座空洞的高台，四围的柏树早已变成富人们的棺材或家私了。东边一座礼拜寺是新的。球场上还有人在那里练习。绵羊三五群，遍地披着枯黄的草根。风稍微一动，尘土便随着飞起，可惜颜色太坏，若是雪白或朱红，岂不是很好的国货化妆材料？

到坛北门，照例买票进去。古柏依旧，茶座全空。大兵们住在大殿

[①] 位于北京市西城区永定门内大街西侧，是明清两代皇帝祭祀山川、神农等诸神的重要场所，亦是皇家最早在北京城南设立的仅有的一座皇家禁苑。

里，很好看的门窗，都被拆作柴火烧了。希望北平市游览区划定以后，可以有一笔大款来修理。北平的旧建筑，渐次少了，房主不断地卖折货。像最近的定王府，原是明朝胡大海的府邸，论起建筑的年代足有五百多年。假若政府有心保存北平古物，决不致于让市民随意拆毁。拆一间是少一间。现在坛里，大兵拆起公有建筑来了。爱国得先从爱惜公共的产业做起，得先从爱惜历史的陈迹做起。

观耕台上坐着一男一女，正在密谈，心情的热真能抵御环境底冷。桃树柳树都脱掉叶衣，做三冬的长眠，风摇鸟唤，都不听见。雩坛边的鹿，伶俐的眼睛瞭望着过路的人。游客本来有三两个，它们见了格外相亲。在那么空旷的园囿，本不必拦着它们，只要四围开上七八尺深的沟，斜削沟的里壁，使当中成一个圆丘，鹿放在当中，虽没遮栏也跳不上来。这样，园景必定优美得多。星云坛比岳渎坛更破烂不堪。干蒿败艾，满布在砖缝瓦罅之间，拂人衣裾，便发出一种清越的香味。老松在夕阳底下默然站着。人说它像盘旋的虬龙，我说它像开屏的孔雀，一颗一颗的松球，衬着暗绿的针叶，远望着更像得很。松是中国人的理想性格，画家没有不喜欢画它。孔子说它后凋还是曲了它，应当说它不凋才对。英国人对于橡树的情感就和中国对于松树底一样。中国人爱松并不尽是因为它长寿，乃是因它当飘风飞雪的时节能够站得住，生机不断，可发荣的时间一到，便又青绿起来。人对着松树是不会失望的，它能给人一种兴奋，虽然树上留着许多枯枝丫，看来越发增加它的壮美。就是枯死，也不像别的树木等闲地倒下来。千年百年是那么立着，藤萝缠它，薜荔粘它，都不怕，反而使它更优越更秀丽。古人说松籁好听得像龙吟。龙

第二章　风景这边独好

吟我们没有听过，可是它所发出的逸韵，真能使人忘掉名利，动出尘的想头。可是要记得这样的声音，决不是一寸一尺的小松所能发出，非要经得百千年的磨练，受过风霜或者吃过斧斤的亏，能够立得定以后，是做不到的。所以当年壮的时候，应学松柏的抵抗力，忍耐力，和增进力，到年衰的时候，也不妨送出清越的籁。

对着松树坐了半天。金黄色的霞光已经收了。不免离开雩坛直出大门。门外前几年挖的战壕，还没填满。羊群领着我向着归路。道边放着一担菊花，卖花人站在一家门口与那淡妆的女郎讲价，不提防担里的黄花教羊吃了几棵。那人索性将两棵带泥丸的菊花向羊群猛掷过去，口里骂"你等死的羊孙子！"，可也没奈何。吃剩的花散布在道上，也教车轮碾碎了。

冬日絮语

//

冯骥才

每每到了冬日,才能实实在在触摸到岁月。年是冬日中间的分界。有了这分界,便在年前感到岁月一天天变短,直到残剩无多!过了年忽然又有大把的日子,成了时光的富翁,一下子真的大有可为了。

岁月是用时光来计算的。那么时光又在哪里?在钟表上、日历上,还是行走在窗前的阳光里?

窗子是房屋最迷人的镜框。节候变换着镜框里的风景。冬意最浓的那些天,屋里的热气和窗外的阳光一起努力,将冻结在玻璃上的冰雪融化;它总是先从中间化开,向四边蔓延。透过这美妙的冰洞,我发现原来严冬的世界才是最明亮的。那一如人的青春的盛夏,总有阴影遮翳,葱茏却幽暗。小树林又何曾有这般光明?我忽然对老人这个概念生了敬意。只有阅尽人生,脱净了生命年华的叶子,才会有眼前这小树林一般的明澈。只有这彻底的通达,才能有此无边的安宁。安宁不是安寐,而是一种博大而丰实的自享。世中唯有创造者所拥有的自享才是人生真正

第二章　风景这边独好

的幸福。

朋友送来一盆"香棒"①，放在我的窗台上说："看吧，多漂亮的大叶子！"

这叶子像一只只绿色光亮的大手，伸出来，叫人欣赏。逆光中，它的叶筋舒展着舒畅又潇洒的线条。一种奇特的感觉出现了！严寒占据窗外，丰腴的春天却在我的房中怡然自得。

自从有了这盆"香棒"，我才发现我的书房竟有如此灿烂的阳光。它照进并充满每一片叶子和每一根叶梗，把它们变得像碧玉一样纯净、通亮、圣洁。我还看见绿色的汁液在通明的叶子里流动。这汁液就是血液。人的血液是鲜红的，植物的血液是碧绿的，心灵的血液是透明的，因为世界的纯洁来自心灵的透明。但是为什么我们每个人都说自己纯洁，而整个世界却仍旧一片混沌呢？

我还发现，这光亮的叶子并不是为了表示自己的存在，而是为了证实阳光的明媚、阳光的魅力、阳光的神奇。任何事物都同时证实着另一个事物的存在。伟大的出现说明庸人的无所不在；分离愈远的情人，愈显示了他们的心丝毫没有分离；小人的恶言恶语不恰好表达你的高不可攀和无法企及吗？而骗子无法从你身上骗走的，正是你那无比珍贵的单纯。老人的生命愈来愈短，还是他生命的道路愈来愈长？生命的计量，在于它的长度，还是宽度与深度？

冬日里，太阳环绕地球的轨道变得又斜又低。夏天里，阳光的双足最多只是站在我的窗台上，现在却长驱直入，直射在我北面的墙壁

---

① 香荔，属天南星科、海芋属，又名：滴水莲、香棒、滴水观音。

上。一尊唐代的木佛一直伫立在阴影里沉思，此刻迎着一束光芒无声地微笑了。

阳光还要充满我的世界，它化为闪闪烁烁的光雾，朝着四周的阴暗的地方浸染。阴影又执着又调皮，阳光照到哪里，它就立刻躲到光的背后。而愈是幽暗的地方，愈能看见被阳光照得晶晶发光的游动的尘埃。这令我十分迷惑：黑暗与光明的界限究竟在哪里？黑夜与晨曦的界限呢？来自早醒的鸟的第一声啼叫吗……这叫声由于被晨露滋润而异样地清亮。

但是，有一种光可以透入幽闭的暗处，那便是从音箱里散发出来的闪光的琴音。鲁宾斯坦的手不是在弹琴，而是在摸索你的心灵；他还用手思索，用手感应，用手触动色彩，用手试探生命世界最敏感的悟性……琴音是不同的亮色，它们像明明灭灭、强强弱弱的光束，散布在空间！那些旋律片段好似一些金色的鸟，扇着翅膀，飞进布满阴影的地方。有时，它会在一阵轰响里，关闭了整个地球上的灯或者创造出一个辉煌夺目的太阳。我便在一张寄给远方的失意朋友的新年贺卡上，写了一句话：

你想得到的一切安慰都在音乐里。

冬日里最令人莫解的还是天空。

盛夏里，有时乌云四合，那即将被峥嵘的云吞没的最后一块蓝天，好似天空的一个洞，无穷地深远。而现在整个天空全成了这样，在你头

第二章 风景这边独好

顶上无边无际地展开!空阔,高远,清澈,庄严!除去少有的飘雪的日子,大多数时间连一点点云丝也没有,鸟儿也不敢飞上去,这不仅由于它冷冽寥廓,而且因为它大得……大得叫你一仰起头就感到自己的渺小。只有在夜间,寒空中才有星星闪烁。这星星是宇宙间点灯的驿站。万古以来,是谁不停歇地从一个驿站奔向下一个驿站?为谁送信?为了宇宙间那一桩永恒的爱吗?

我从大地注视着这冬天的脚步,看看它究竟怎样一步步、沿着哪个方向一直走到春天。

杨 柳

// 丰子恺

因为我的画中多杨柳树，就有人说我欢喜杨柳树；因为有人说我欢喜杨柳树，我似觉自己真与杨柳树有缘。但我也曾问心，为什么欢喜杨柳树？到底与杨柳树有什么深缘？其答案了不可得。原来这完全是偶然的：昔年我住在白马湖上，看见人们在湖边种柳，我向他们讨了一小株，种在寓屋的墙角里。因此给这屋取名"小杨柳屋"，因此常取见惯的杨柳为画材，因此就有人说我欢喜杨柳，因此我自己似觉与杨柳有缘。假如当时人们在湖边种荆棘，也许我会给屋取为"小荆棘屋"，而专画荆棘，成为与荆棘有缘，亦未可知。天下事往往如此。

但假如我存心要和杨柳结缘，就不说上面的话，而可以附会种种的理由上去。或者说我爱它的鹅黄嫩绿，或者说我爱它的如醉如舞，或者说我爱它像小蛮的腰，或者说我爱它是陶渊明的宅边所种的，或者还可引援"客舍青青"的诗，"树犹如此"的话，以及"王恭之貌""张绪之神"等种种古典来，作为自己爱柳的理由。即使要找三百个冠冕堂皇、高雅

第二章　风景这边独好

深刻的理由，也是很容易的。天下事又往往如此。

　　也许我曾经对人说过"我爱杨柳"的话。但这话也是随缘的。仿佛我偶然买一双黑袜穿在脚上，逢人问我"为什么穿黑袜"时，就对他说"我欢喜穿黑袜"一样。实际，我向来对于花木无所爱好；即有之，亦无所执着。这是因为我生长穷乡，只见桑麻，禾黍，烟片，棉花，小麦，大豆，不曾亲近过万花如绣的园林。只在几本旧书里看见过"紫薇""红杏""芍药""牡丹"等美丽的名称，但难得亲近这等名称的所有者。并非完全没有见过，只因见时它们往往使我失望，不相信这便是曾对紫薇郎的紫薇花，曾使尚书出名的红杏，曾傍美人醉卧的芍药，或者象征富贵的牡丹。我觉得它们也只是植物中的几种，不过少见而名贵些，实在也没有什么特别可爱的地方，似乎不配在诗词中那样地受人称赞，更不配在花木中占据那样高尚的地位。因此我似觉诗词中所赞叹的名花是另外一种，不是我现在所看见的这种植物。我也曾偶游富丽的花园，但终于不曾见过十足地配称"万花如绣"的景象。

　　假如我现在要赞美一种植物，我仍是要赞美杨柳。但这与前缘无关，只是我这几天的所感，一时兴到，随便谈谈，也不会像信仰宗教或崇拜主义地毕生皈依它。为的是昨日天气佳，埋头写作到傍晚，不免走到西湖边的长椅子里坐了一会。看见湖岸的杨柳树上，好像挂着几万串嫩绿的珠子，在温暖的春风中飘来飘去，飘出许多弯度微微的S线来，觉得这一种植物实在美丽可爱，非赞它一下不可。

　　听人说，这种植物是最贱的。剪一根枝条来插在地上，它也会活起来，后来变成一株大杨柳树。它不需要高贵的肥料或工深的壅培，只要有阳光，泥土和水，便会生活，而且生得非常强健而美丽。牡丹花要吃猪肚肠，葡萄藤要吃肉汤，许多花木要吃豆饼，杨柳树不要吃人家的东西，因此人们说它是"贱"的，大概"贵"是要吃的意思。越要吃得多，越要吃得好，就是越"贵"。吃得很多很好而没有用处，只供观赏的，似乎更贵。例如牡丹比葡萄贵，是为了牡丹吃了猪肚肠只供观赏而葡萄吃了肉汤有结果的缘故。杨柳不要吃人的东西，且有木材供人用，因此被人看作"贱"的。

我赞杨柳美丽，但其美与牡丹不同，与别的一切花木都不同。杨柳的主要的美点，是其下垂。花木大都是向上发展的，红杏能长到"出墙"，古木能长到"参天"。向上原是好的，但我往往看见枝叶花果蒸蒸日上，似乎忘记了下面的根，觉得其样子可恶；你们是靠他养活的，怎么只管高踞上面，绝不理睬他呢？你们的生命建设在他上面，怎么只管贪图自己的光荣，而绝不回顾处在泥土中的根本呢？花木大都如此。甚至下面的根已经被砍，而上面的花叶还是欣欣向荣，在那里作最后一刻的威福，真是可恶而又可怜！杨柳没有这般可恶可怜的样子：它不是不会向上生长。它长得很快，而且很高；但是越长得高，越垂得低。千万条陌头细柳，条条不忘记根本，常常俯首顾着下面，时时借了春风之力，向处在泥土中的根本拜舞，或者和它亲吻。好像一群的活泼孩子环绕着他们的慈母而游戏，但时时依傍到慈母的身旁去，或者扑进慈母的怀里去，使人看了觉得非常可爱。杨柳树也有高出墙头的，但我不嫌它高，为了它高而能下，为了它高而不忘本。

自古以来，诗文常以杨柳为春的一种主要题材。写春景曰"万树垂杨",写春色曰"陌头杨柳",或竟称春天为"柳条春"。我以为这并非仅为杨柳当春抽条的缘故。实因其树有一种特殊的姿态,与和平美丽的春光十分调和的缘故。这种姿态的特殊点,便是"下垂"。不然,当春发芽的树木不知凡几,何以专让柳条作春的主人呢?只为别的树木都凭仗了春之力而拼命向上,一味求高,忘记了自己的根本。其贪婪之相不合于春的精神。最能象征春的神意的,只有垂杨。

这是我昨天看了西湖边上的杨柳而一时兴起的感想。但我所赞美的不仅是西湖上的杨柳。在这几天的春光之下,乡村处处的杨柳都有这般可赞美的姿态。西湖似乎太高贵了,反而不适于栽植这种"贱"的垂杨呢。

1935 年 3 月 4 日

青纱帐

王统照

　　稍稍熟悉北方情形的人，当然知道这三个字——青纱帐①，帐字上加青纱二字，很容易令人想到那幽幽的、沉沉的、如烟如雾的趣味。其中大约是小簟轻衾吧？有个诗人在帐中低吟着"手倦抛书午梦凉"的句子；或者更宜于有个雪肤花貌的"玉人"，从淡淡的灯光下透露出横陈的丰腴的肉体美来，可是煞风景得很！现在在北方一提起青纱帐这个暗喻格的字眼，汗喘，气力，光着身子的农夫，横飞的子弹，枪，杀，劫掳，火光，这一大串的人物与光景，便即刻联想得出来。

　　北方有的是遍野的高粱，亦即所谓秫秸，每到夏季，正是它们茂生的时季。身个儿高，叶子长大，不到晒米的日子，早已在其中可以藏住人，不比麦子豆类隐蔽不住东西。这些年来，北方，凡是有乡村的地方，这个严重的青纱帐季，便是一年中顶难过而要戒严的时候。

　　当初给遍野的高粱赠予这个美妙的别号的，够得上是位"幽雅"的

---

① 青色庄稼长得又高又密时，就像帐幕一样，俗称"青纱帐"。

诗人吧？本来如刀的长叶，连接起来恰像一个大的帐幔，微风过处，秆、叶摇拂，用青纱的色彩作比，谁能说是不对？然而高粱在北方的农产植物中是具有雄伟壮丽的姿态的。它不像黄云般的麦穗那么轻袅，也不是谷子穗垂头委琐的神气，高高独立，昂首在毒日的灼热之下，周身碧绿，满布着新鲜的生机。高粱米在东北几省中是一般家庭的普通食物，东北人在别的地方住久了，仍然还很欢喜吃高粱米煮饭。除那几省之外，在北方也是农民的主要食物，可以糊成饼子，摊作煎饼，而最大的用处是制造白干酒的原料，所以白干酒也叫做高粱酒。中国的酒类性烈易醉的莫过于高粱酒。可见这类农产物中所含精液之纯，与北方的土壤气候都有关系，但高粱的特性也由此可以看出。

为什么北方农家有地不全种能产小米的谷类，非种高粱不可？据农人讲起来自有他们的理由。不错，高粱的价值不要说不及麦、豆，连小米也不如。然而每亩的产量多，而尤其需要的是燃料。我们的城市现在是用煤，也有用电与瓦斯的，可是在北方的乡间因为交通不便与价值高贵的关系，主要的燃料是高粱秸。如果一年地里不种高粱，那么农民的燃料便自然发生恐慌。除去为作粗糙的食品外，这便是在北方夏季到处能看见一片片高秆红穗的高粱地的缘故。

高粱的收获期约在夏末秋初。从前有我的一位族侄，——他死去十几年了，一位旧典型的诗人，——他曾有过一首旧诗，是极好的一段高粱赞：

高粱高似竹，遍野参差绿。粒粒珊瑚珠，节节琅玕玉。

农人对于高粱的红米与长秆子的爱惜，的确也与珊瑚、琅玕相等。或者因为这等农产物品格过于低下的缘故，自来少见诸诗人的歌咏，不如稻、麦、豆类常在中国的田园诗人的句子中读得到。

但这若干年来，高粱地是特别的为人所憎恶畏惧！常常可以听见说："青纱帐起来，如何，如何？……""今年的青纱帐季怎么过法？"因为每年的这个时季，乡村中到处遍布着恐怖，隐藏着杀机。通常在黄河以北的土匪头目，叫做"秆子头"，望文思义，便可知道与青纱帐是有关系的。高粱秆子在热天中既遍地皆是，容易藏身，比起"占山为王"还要便利。

青纱帐，现今不复是诗人、色情狂者所想象的清幽与挑拨肉感的所在，而变成乡村间所恐怖的"魔帐"了！

多少年来帝国主义的迫压，与连年内战，捐税重重，官吏、地主的剥削，现在的农村已经成了一个待爆发的空壳。许多人想着回到纯洁的乡村，以及想尽方法要改造乡村，不能不说他们的"用心良苦"，然而事实告诉我们，这样枝枝节节、一手一足的办法，何时才有成效！

青纱帐季的恐怖不过是一点表面上的情形，其所以有散布恐惶的原因多得很呢。

"青纱帐"这三个字徒然留下了极淡漠的、如烟如雾的一个表象在人人的心中，而内里面却藏有炸药的引子！

1933年6月4日

故都的秋

郁达夫

秋天，无论在什么地方的秋天，总是好的；可是啊，北国的秋，却特别地来得清，来得静，来得悲凉。我的不远千里，要从杭州赶上青岛，更要从青岛赶上北平来的理由，也不过想饱尝一尝这"秋"，这故都的秋味。

江南，秋当然也是有的；但草木凋得慢，空气来得润，天的颜色显得淡，并且又时常多雨而少风；一个人夹在苏州上海杭州，或厦门香港广州的市民中间，混混沌沌地过去，只能感到一点点清凉，秋的味，秋的色，秋的意境与姿态，总看不饱，尝不透，赏玩不到十足。秋并不是名花，也并不是美酒，那一种半开、半醉的状态，在领略秋的过程上，是不合适的。

不逢北国之秋，已将近十余年了。在南方每年到了秋天，总要想起陶然亭的芦花，钓鱼台的柳影，西山的虫唱，玉泉的夜月，潭柘寺的钟声。在北平即使不出门去罢，就是在皇城人海之中，租人家一椽破屋来住着，早晨起来，泡一碗浓茶，向院子一坐，你也能看得到很高很高的碧绿的天色，听得到青天下驯鸽的飞声。从槐树叶底，朝东细数着一丝一丝漏下来的日光，或在破壁腰中，静对着像喇叭似的牵牛花(朝荣)的蓝朵，自然而然地也能够感觉到十分的秋意。说到了牵牛花，我以为以蓝色或白色者为佳，紫黑色次之，淡红色最下。最好，还要在牵牛花底，教长着几根疏疏落落的尖细且长的秋草，使作陪衬。

北国的槐树，也是一种能使人联想起秋来的点缀。像花而又不是花的那一种落蕊，早晨起来，会铺得满地。脚踏上去，声音也没有，气味也没有，只能感出一点点极微细极柔软的触觉。扫街的在树影下一阵扫后，灰土上留下来的一条条扫帚的丝纹，看起来既觉得细腻，又觉得清闲，潜意识下并且还觉得有点儿落寞，古人所说的梧桐一叶而天下知秋的遥想，大约也就在这些深沉的地方。

秋蝉的衰弱的残声，更是北国的特产；因为北平处处全长着树，屋子又低，所以无论在什么地方，都听得见它们的啼唱。在南方是非要上郊外或山上去才听得到的。这秋蝉的嘶叫，在北平可和蟋蟀耗子一样，简直像是家家户户都养在家里的家虫。

还有秋雨哩，北方的秋雨，也似乎比南方的下得奇，下得有味，下得更像样。

在灰沉沉的天底下，忽而来一阵凉风，便息列索落地下起雨来了。一层雨过，云渐渐地卷向了西去，天又青了，太阳又露出脸来了；着着很厚的青布单衣或夹袄的都市闲人，咬着烟管，在雨后的斜桥影里，上桥头树底下去一立，遇见熟人，便会用了缓慢悠闲的声调，微叹着互答着地说：

第二章　风景这边独好

"唉，天可真凉了——"（这了字念得很高，拖得很长。）

"可不是么？一层秋雨一层凉了！"

北方人念阵字，总老像是层字，平平仄仄起来，这念错的歧韵，倒来得正好。

北方的果树，到秋来，也是一种奇景。第一是枣子树；屋角、墙头、茅房边上、灶房门口，它都会一株株地长大起来。像橄榄又像鸽蛋似的这枣子颗儿，在小椭圆形的细叶中间，显出淡绿微黄的颜色的时候，正是秋的全盛时期；等枣树叶落，枣子红完，西北风就要起来了，北方便是尘沙灰土的世界，只有这枣子、柿子、葡萄，成熟到八九分的七八月之交，是北国的清秋的佳日，是一年之中最好也没有的Golden Days（黄金时节）。

有些批评家说，中国的文人学士，尤其是诗人，都带着很浓厚的颓废色彩，所以中国的诗文里，颂赞秋的文字特别的多。但外国的诗人，又何尝不然？我虽则外国诗文念得不多，也不想开出账来，做一篇秋的诗歌散文钞，但你若去一翻英德法意等诗人的集子，或各国的诗文的Anthology（选集）来，总能够看到许多关于秋的歌颂与悲啼。各著名的大诗人的长篇田园诗或四季诗里，也总以关于秋的部分，写得最出色而最有味。足见有感觉的动物，有情趣的人类，对于秋，总是一样的能特别引起深沉，幽远，严厉，萧索的感触来的。不单是诗人，就是被关闭在牢狱里的囚犯，到了秋天，我想也一定会感到一种不能自已的深情；秋之于人，何尝有国别，更何尝有人种阶级的区别呢？不过在中国，文字里有一个"秋士"的成语，读本里又有着很普遍的欧阳子的《秋声》

与苏东坡的《赤壁赋》等，就觉得中国的文人与秋的关系特别深了。可是这秋的深味，尤其是中国的秋的深味，非要在北方，才感受得到底。

南国之秋，当然是也有它的特异的地方的，比如廿四桥的明月，钱塘江的秋潮，普陀山的凉雾，荔枝湾的残荷，等等，可是色彩不浓，回味不永。比起北国的秋来，正像是黄酒之与白干，稀饭之与馍馍，鲈鱼之与大蟹，黄犬之与骆驼。

秋天，这北国的秋天，若留得住的话，我愿把寿命的三分之二折去，换得一个三分之一的零头。

1934 年 8 月

第三章

在孤独中学会长大

我的幼儿园

//

史铁生

　　五岁，或者六岁，我上了幼儿园。有一天母亲跟奶奶说："这孩子还是得上幼儿园，要不将来上小学会不适应。"说罢她就跑出去打听，看看哪个幼儿园还招生。用奶奶的话说，她从来就这样，想起一出是一出。很快母亲就打听到了一所幼儿园，刚开办不久，离家也近。母亲跟奶奶说时，有句话让我纳闷儿：那是两个老姑娘办的。

　　母亲带我去报名时天色已晚，幼儿园的大门已闭。母亲敲门时，我从门缝朝里望：一个安静的院子，某一处屋檐下放着两只崭新的木马。两只木马令我心花怒放。母亲问我："想不想来？"我坚定地点头。开门的是个老太太，她把我们引进一间小屋，小屋里还有一个老太太正在做晚饭。小屋里除两张床之外只放得下一张桌子和一个火炉。母亲让我管胖些并且戴眼镜的那个叫孙老师，管另一个瘦些的叫苏老师。

　　我很久都弄不懂，为什么单要把这两个老太太叫老姑娘？我问母亲："奶奶为什么不是老姑娘？"母亲说："没结过婚的女人才是老姑娘，奶奶结过婚。"可我心里并不接受这样的解释。结婚嘛，不过发几块糖给众人吃吃，就能有什么特别的作用吗？在我想来，女人年轻时都是姑娘，老了就都是老太太，怎么会有"老姑娘"这不伦不类的称呼？我又问母亲："你给大伙儿买过糖了吗？"母亲说："为什么？我为什么要给大伙儿买糖？""那你结过婚吗？"母亲大笑，揪揪我的耳朵："我没结过婚就敢有你了吗？"我越糊涂了，怎么又扯上我了呢？

这幼儿园远不如我的期待。四间北屋甚至还住着一户人家，是房东。南屋空着。只东西两面是教室，教室里除去一块黑板连桌椅也没有，孩子们每天来时都要自带小板凳。小板凳高高低低，二十几个孩子也是高高低低，大的七岁，小的三岁。上课时大的喊小的哭，老师呵斥了这个哄那个，基本乱套。上课则永远是讲故事。"上回讲到哪儿啦？"孩子们齐声回答："大——灰——狼——要——吃——小——山——羊——啦！"通常此刻必有人举手，憋不住尿了，或者其实已经尿完。一个故事断断续续要讲上好几天。"上回讲到哪儿啦？""不——听——话——的——小——山——羊——被——吃——掉——啦！"

下了课一窝蜂都去抢那两只木马，你推我搡，没有谁能真正骑上去。大些的孩子于是发明出另一种游戏，"骑马打仗"：一个背上一个，冲呀杀呀喊声震天，人仰马翻者为败。两个老太太——还是按我的理解叫她们吧——心惊胆战满院子里追着喊："不兴这样，可不兴这样啊，看摔坏了！看把刘奶奶的花踩了！"刘奶奶，即房东，想不懂她怎么能容忍在自家院子里办幼儿园。但"骑马打仗"正是热火朝天，这边战火方歇，那边烽烟又起。这本来很好玩，可不知怎么一来，又有了惩罚战俘的规则。落马者仅被视为败军之将岂不太便宜了？所以还要被敲脑蹦儿，或者连人带马归顺敌方。这样就又有了叛徒，以及对叛徒的更为严厉的惩罚。叛徒一旦被捉回，就由两个人押着，倒背双手"游街示众"，一路被人揪头发、拧耳朵。天知道为什么这惩罚竟至比"骑马打仗"本身更具诱惑了，到后来，无需"骑马打仗"，直接就玩起这惩罚的游戏。可谁是被惩罚者呢？便涌现出一两个头领，由他们说了算，他们说谁是叛徒谁就是叛徒，谁是叛徒谁当然就要受到惩罚。于是，人性，在那时就已暴露：为了免遭惩罚，大家纷纷去效忠那一两个头领，阿谀，谄媚，唯比成年人来得直率。可是！可是这游戏要玩下去总是得有被惩罚者呀。可怕的日子终于到了。可怕的日子就像增长着的年龄一样，必然来临。

做叛徒要比做俘虏可怕多了。俘虏尚可表现忠勇，希望未来；叛徒则是彻底无望，忽然间大家都把你抛弃了。五岁或者六岁，我已经见到了人间这一种最无助的处境。这时你唯一的祈祷就是那两个老太太快来吧，快来结束这荒唐的游戏吧。但你终会发现，这惩罚并不随着她们的制止而结束，这惩罚扩散进所有的时间，扩散到所有孩子的脸上和心里。轻轻的然而是严酷的拒斥，像一种季风，细密无声从白昼吹入夜梦，无从逃脱，无处诉告，且不知其由来，直到它忽然转向，如同莫测的天气，莫测的命运，忽然放开你，调头去捉弄另一个孩子。

我不再想去幼儿园。我害怕早晨，盼望傍晚。我开始装病，开始想尽办法留在家里跟着奶奶，想出种种理由不去幼儿园。直到现在，我一看见那些哭喊着不要去幼儿园的孩子，心里就发抖，设想他们的幼儿园里也有那样可怕的游戏，响晴白日也觉有鬼魅徘徊。

第三章　在孤独中学会长大

幼儿园实在没给我留下什么美好印象。倒是那两个老太太一直在我的记忆里，一个胖些，一个瘦些，都那么慈祥，都那么忙碌、慌张。她们怕哪个孩子摔了碰了，怕弄坏了房东刘奶奶的花，总是吊着一颗心。但除了这样的怕，我总觉得，在她们心底，在不易觉察的慌张后面，还有另外的怕。另外的怕是什么呢？说不清，但一定更沉重。

长大以后我有时猜想她们的身世。她们可能是表姐妹，也可能只是自幼的好友。她们一定都受过良好的教育——她们都弹得一手好风琴，似可证明。我刚到那幼儿园的时候，就总听她们向孩子们许愿："咱们就要买一架风琴了，幼儿园很快就会有一架风琴了，慢慢儿地幼儿园还会添置很多玩具呢，小朋友们高不高兴呀？""高——兴！"就在我离开那儿之前不久，风琴果然买回来了。两个老太太视之如珍宝，把它轻轻抬进院门，把它上上下下擦得锃亮，把它安放在教室中最醒目的地方，孩子们围在四周屏住呼吸，然后苏老师和孙老师互相推让，然后孩子们等不及了开始喊喊喳喳地乱说，然后孙老师在风琴前庄重地坐下，孩子们的包围圈越收越紧，然后琴声响了孩子们欢呼起来，苏老师微笑着举起一个手指："嘘——嘘——"满屋子里就又都静下来，孩子们忍住惊叹可是忍不住眼睛里的激动……那天不再讲故事，光是听苏老师和孙老师轮流着弹琴，唱歌。那时我才发觉她们与一般的老太太确有不同，脸上的每一条皱纹里都涌现着天真。那琴声我现在还能听见。现在，每遇天真纯洁的事物，那琴声便似一缕缕飘来，在我眼前，在我心里，幻现出一片阳光，像那琴键一样的跳动。我想她们必是生长在一个很有文化的家庭。我想她们的父母一定温文尔雅善解人意。她们就在那样的琴声中长大，虽偶有轻风细雨，但总归晴天朗照。这样的女人，年轻时不可能不对爱情抱着神圣的期待，甚至难免极端，不入时俗。她们窃窃描画未来，相互说些脸红心跳的话。所谓未来，主要是一个即将不知从哪儿向她们走来的男人。这个人已在书中显露端倪，在装帧精良的文学名著里面若隐若现。不会是言情小说中的公子哥。可能会是，比如说托尔斯泰笔下的人物，但绝不是渥伦斯基或卡列宁一类。然而，对未来的描画总不能清晰，不断地描画年复一年耗损着她们的青春。用"革命人民"的话说：她们真正是"小布尔乔亚"之极，在那风起云涌的年代里做着与世隔绝的小资产阶级温情梦。大概会是这样。也许就是这样。假定是这样吧，但是忽然！忽然间社会天翻地覆地变化了。那变化具体是怎样侵扰到她们的生活的，很难想象，但估计也不会有什么过于特别的地方，像所有衰败的中产阶级家庭一样，小姐们唯惊恐万状、睁大了眼睛发现必须要过另一种日子了。颠沛流离，投亲靠友，节衣缩食，随波逐流，像在失去了方向的大海上体会着沉浮与炎凉……然后，有一天时局似乎稳定了，不过未来明显已不能再像以往那样任性地描画。以往的描画如同一叠精心保存的旧钞，虽已无用，但一时还舍不得扔掉，独身主义大约就是在那时从无奈走向了坚定。她们都还收藏着一点儿值钱的东西，但全部集中起来也并不很多，算来算去也算不出什么万全之策，唯知未来的生活全系于此。就这样，现实的严峻联合起往日的浪漫，终于灵机一动：办一所幼儿园吧。天真烂漫的孩子就是鼓舞，就是信心和欢乐。幼儿园吗？对，幼儿园！与世无争，安贫乐命，倾余生之全力浇灌并不属于我们的未来，是吗？两个老姑娘仿佛终于找回了家园，云遮雾障半个多世

第三章　在孤独中学会长大

纪，她们终于听见了命运慷慨的应许。然后她们租了一处房子，简单粉刷一下，买了两块黑板和一对木马，其余的东西都等以后再说吧，当然是钱的问题……

小学快毕业的时候，我回那幼儿园去看过一回。果然，转椅、滑梯、攀登架都有了，教室里桌椅齐备，孩子也比以前多出几倍。房东刘奶奶家已经迁走。一个年轻女老师在北屋的廊下弹着风琴，孩子们在院子里随着琴声排练节目。一间南屋改作厨房，孩子们可以在幼儿园用餐了。那个年轻女老师问我："你找谁？"我说："苏老师和孙老师呢？""她们呀？已经退休了。"……后来"文革"开始了，又听说她们都被遣送回原籍。

"文革"进行到无可奈何之时，有一天我在街上碰见孙老师。她的头发有些乱，直着眼睛走路，仍然匆忙、慌张。我叫了她一声，她站住，茫然地看我。我说出我的名字，"您不记得我了？"她脸上死了一样，好半天，忽然活过来："啊，是你呀，哎呀哎呀，那回可真是把你给冤枉了呀。"我故作惊讶状："冤枉了？我？"其实我已经知道她指的是什么。"可事后你就不来了。苏老师跟我说，这可真是把那孩子的心伤重了吧？"

那是我临上小学前不久的事。在东屋教室门前，一群孩子往里冲，另一群孩子顶住门不让进，并不为什么，只是一种游戏。我在要冲进来的一群中，使劲推门，忽然门缝把我的手指压住了，疼极之下我用力一脚把门踹开，不料把一个女孩儿撞得仰面朝天。女孩儿鼻子流血，头上起了个包，不停地哭。苏老师过来哄她，同时罚我的站。我站在窗前看别的孩子们上课，心里委屈，就用蜡笔在糊了白纸的窗棂上乱画，画一个老太太，在旁边注明一个"苏"字。待苏老师发现时，雪白的窗棂已布满一个个老太太和一个个"苏"。苏老师颤抖着嘴唇，只说得出一句话："那可是我和孙老师俩糊了好几天的呀……"此后我就告别了幼儿园，理由是马上就要上小学了，其实呢，我是不敢再见那窗棂。

　　孙老师并没有太大变化，唯头发白了些，往日的慈祥也都并入慌张。我问："苏老师呢，她好吗？"孙老师抬眼看我的头顶，揣测我的年龄，然后以对一个成年人的语气轻声对我说："我们都结了婚，各人忙各人的家呢。"我以为以我的年龄不合适再问下去，但从此心里常想，那会是怎样的男人和怎样的家呢？譬如说，与她们早年的期待是否相符？与那阳光似的琴声能否和谐？

忆儿时

丰子恺

一

我回忆儿时,有三件不能忘却的事。

第一件是养蚕。那是我五六岁时、我祖母在日的事。我祖母是一个豪爽而善于享乐的人,良辰佳节不肯轻轻放过。养蚕也每年大规模地举行。其实,我长大后才晓得,祖母的养蚕并非专为图利,叶贵的年头常要蚀本,然而她喜欢这暮春的点缀,故每年大规模地举行。我所喜欢的,最初是蚕落地铺。那时我们的三开间的厅上、地上统是蚕,架着经纬的跳板,以便通行及饲叶。蒋五伯挑了担到地里去采叶,我与诸姐跟了去,去吃桑葚。蚕落地铺的时候,桑葚已很紫而甜了,比杨梅好吃得多。我们吃饱之后,又用一张大叶做一只碗,采了一碗桑葚,跟了蒋五伯回来。蒋五伯饲蚕,我就以走跳板为戏乐,常常失足翻落地铺里,压死许多蚕宝宝,祖母忙喊蒋五伯抱我起来,不许我再走。然而这满屋的跳板，像棋盘街一样，又很低，走起来一点也不怕，真是有趣。这真是一年一度的难得的乐事！所以虽然祖母禁止，我总是每天要去走。

蚕上山之后，全家静默守护，那时不许小孩子们吵了，我暂时感到沉闷。然而过了几天，采茧，做丝，热闹的空气又浓起来了。我们每年照例请牛桥头七娘娘来做丝。蒋五伯每天买枇杷和软糕来给采茧、做丝、烧火的人吃。大家认为现在是辛苦而有希望的时候，应该享受这点心，都不客气地取食。我也无功受禄地天天吃多量的枇杷与软糕，这又是乐事。

七娘娘做丝休息的时候，捧了水烟筒，伸出她左手上的短少半段的小指给我看，对我说：做丝的时候，丝车后面，是万万不可走近去的。她的小指，便是小时候不留心被丝车轴棒轧脱的。她又说："小囝囝不可走近丝车后面去，只管坐在我身旁，吃枇杷，吃软糕。还有做丝做出来的蚕蛹，叫妈妈油炒一炒，真好吃哩！"然而我始终不要吃蚕蛹，大概是我爸爸和诸姐都不要吃的缘故。我所乐的，只是那时候家里的非常的空气。日常固定不动的堂窗、长台、八仙椅子，都收拾去，而变成不常见的丝车、匾、缸。又不断地公然地可以吃小食。

丝做好后，蒋五伯口中唱着"要吃枇杷，来年蚕罢"，收拾丝车，恢复一切陈设。我感到一种兴尽的寂寥。然而对于这种变换，倒也觉得新奇而有趣。

现在我回忆这儿时的事，常常使我神往！祖母、蒋五伯、七娘娘和诸姐都像童话里、戏剧里的人物了。且在我看来，他们当时这剧的主人公便是我。何等甜美的回忆！只是这剧的题材，现在我仔细想想觉得不好：养蚕做丝，在生计上原是幸福的，然其本身是数万的生灵的杀虐！《西青散记》里面有两句仙人的诗句："自织藕丝衫子嫩，可怜辛苦赦春蚕。"安得人间也发明织藕丝的丝车，而尽赦天下的春蚕的性命！

我七岁上祖母死了①，我家不复养蚕。不久父亲与诸姐弟相继死亡，家道衰落了，我的幸福的儿时也过去了。因此这回忆一面使我永远神往，一面又使我永远忏悔。

二

第二件不能忘却的事，是父亲的中秋赏月，而赏月之乐的中心，在于吃蟹。

我的父亲中了举人之后，科举就废，他无事在家，每天吃酒，看书。他不要吃羊、牛、猪肉，而喜欢吃鱼、虾之类。而对于蟹，尤其喜欢。自七八月起直到冬天，父亲平日的晚酌规定吃一只蟹，一碗隔壁豆腐店里买来的开锅热豆腐干。他的晚酌，时间总在黄昏。八仙桌上一盏洋油灯，一把紫砂酒壶，一只盛热豆腐干的碎瓷盖碗，一把水烟筒，一本书，桌子角上一只端坐的老猫，我脑中这印象非常深刻，到现在还可以清楚地浮现出来。我在旁边看，有时他给我一只蟹脚或半块豆腐干。然我喜欢蟹脚。蟹的味道真好，我们五个姊妹兄弟，都喜欢吃，也是为了父亲喜欢吃的缘故。只有母亲与我们相反，喜欢吃肉，而不喜欢又不会吃蟹，

---

① 祖母在1902年12月，丰子恺五岁时去世。

吃的时候常常被蟹螯上的刺刺开手指,出血;而且抉剔得很不干净,父亲常常说她是外行。父亲说:吃蟹是风雅的事,吃法也要内行才懂得。先折蟹脚,后开蟹斗……脚上的拳头(即关节)里的肉怎样可以吃干净,脐里的肉怎样可以剔出……脚爪可以当作剔肉的针……蟹螯上的骨头可以拼成一只很好看的蝴蝶……父亲吃蟹真是内行,吃得非常干净。所以陈妈妈说:"老爷吃下来的蟹壳,真是蟹壳。"

蟹的储藏所,就在天井角落里的缸里,经常总养着十来只。到了七夕、七月半、中秋、重阳等节候上,缸里的蟹就满了,那时我们都有得吃,而且每人得吃一大只,或一只半。尤其是中秋一天,兴致更浓。在深黄昏,移桌子到隔壁的白场①上的月光下面去吃。更深人静,明月底下只有我们一家的人,恰好围成一桌,此外只有一个供差使的红英坐在旁边。大家谈笑,看月亮,他们——父亲和诸姐——直到月落时光,我则半途睡去,与父亲和诸姐不分而散。

这原是为了父亲嗜蟹,以吃蟹为中心而举行的。故这种夜宴,不仅限于中秋,有蟹的节季里的月夜,无端也要举行数次。不过不是良辰佳节,我们少吃一点,有时两人分吃一只。我们都学父亲,剥得很精细,剥出来的肉不是立刻吃的,都积受在蟹斗里,剥完之后,放一点姜醋,拌一拌,就作为下饭的菜,此外没有别的菜了。因为父亲吃菜是很省的,而且他说蟹是至味,吃蟹时混吃别的菜肴,是乏味的。我们也学他,半蟹斗的蟹肉,过两碗饭还有余,就可得父亲的称赞,又可以白口吃下余多的蟹肉,所以大家都勉力节省。现在回想那时候,半条蟹腿肉要过两

---

① 白场,作者家乡方言,场地的意思。

大口饭，这滋味真好！自父亲死了以后，我不曾再尝这种好滋味。现在，我已经自己做父亲，况且已经茹素，当然永远不会再尝这滋味了。唉！儿时欢乐，何等使我神往！

然而这一剧的题材，仍是生灵的杀虐！因此这回忆一面使我永远神往，一面又使我永远忏悔。

三

第三件不能忘却的事。是与隔壁豆腐店里的王囡囡的交游，而这交游的中心，在于钓鱼。

那是我十二三岁时的事，隔壁豆腐店里的王囡囡是当时我的小侣伴中的大阿哥。他是独子，他的母亲、祖母和大伯，都很疼爱他，给他很多的钱和玩具，而且每天放任他在外游玩。他家与我家贴邻而居。我家的人们每天赴市，必须经过他家的豆腐店的门口，两家的人们朝夕相见，互相来往。小孩们也朝夕相见，互相来往。此外，他家对于我家似乎还有一种邻人以上的深切的交谊，故他家的人对于我特别要好，他的祖母常常拿自产的豆腐干、豆腐衣等来送给我父亲下酒。同时在小侣伴中，王囡囡也特别和我要好。他的年纪比我大，气力比我好，生活比我丰富，我们一道游玩的时候，他时时引导我，照顾我，犹似长兄对于幼弟。我们有时就在我家的染坊店里的榻上玩耍，有时相偕出游。他的祖母每次看见我俩一同玩耍，必叮嘱囡囡好好看待我，勿要相骂。我听人说，他家似乎曾经患难，而我父亲曾经帮他们忙，所以他家大人们吩咐王囡囡照应我。

我起初不会钓鱼，是王囡囡教我的。他叫他大伯买两副钓竿，一副送我，一副他自己用。他到米桶里去捉许多米虫，浸在盛水的罐头里，领了我到木场桥头去钓鱼。他教给我看，先捉起一个米虫来，把钓钩由虫尾穿进，直穿到头部。然后放下水去。他又说："浮珠一动，你要立刻拉，那么钩子钩住鱼的颚，鱼就逃不脱。"我照他所教的试验，果然第一天钓了十几头白条，然而都是他帮我拉钓竿的。

第二天，他手里拿了半罐头扑杀的苍蝇，又来约我去钓鱼。途中他对我说："不一定是米虫，用苍蝇钓鱼更好。鱼喜欢吃苍蝇！"这一天我们钓了一小桶各种的鱼。回家的时候，他把鱼桶送到我家里，说他不要。我母亲就叫红英去煎一煎，给我下晚饭。

自此以后，我只管欢喜钓鱼。不一定要王囡囡陪去，自己一人也去钓，又学得了掘蚯蚓来钓鱼的方法。而且钓来的鱼，不仅够自己下晚饭，还可送给店里的人吃，或给猫吃。我记得这时候我的热心钓鱼，不仅出于游戏欲，又有几分功利的兴味在内。有三四个夏季，我热心于钓鱼，给母亲省了不少的菜蔬钱。

后来我长大了，赴他乡入学，不复有钓鱼的工夫。但在书中常常读到赞咏钓鱼的文句，例如什么"独钓寒江雪"，什么"渔樵度此身"，才知道钓鱼原来是很风雅的事。后来又晓得有所谓"游钓之地"的美名称，是形容人的故乡的。我大受其煽惑，为之大发牢骚：我想"钓鱼确是雅的，我的故乡，确是我的游钓之地，确是可怀的故乡。"但是现在想想，不幸而这题材也是生灵的杀虐！

我的黄金时代很短，可怀念的又只有这三件事。不幸而都是杀生取乐，都使我永远忏悔。

1927 年

街

//

沈从文

有个小小的城镇，有一条寂寞的长街。

那里往下许多人家，却没有一个成年的男子。因为那里出了一个土匪，所有男人便都被人带到一个很远很远的地方去，永远不再回来了。他们是五个十个用绳子编成一连，背后一个人用白木梃子敲打他们的腿，赶到别处去作军队上搬运军火的伕子的。他们为了"国家"应当忘了"妻子"。

大清早，各个人家从梦里醒转来了。各个人家开了门，各个人家的门里，皆飞出一群鸡，跑出一些小猪，随后男女小孩子出来站在门限上撒尿，或蹲到门前撒尿，随后便是一个妇人，提了小小的木桶，到街市尽头去提水。有狗的人家，狗皆跟着主人身前身后摇着尾巴，也时时刻刻照规矩在人家墙基上抬起一只腿撒尿，又赶忙追到主人前面去。这长街早上并不寂寞。

当白日照到这长街时，这一条街静静的像在午睡，甚么地方柳树桐

第三章　在孤独中学会长大

树上有新蝉单纯而又倦人的声音，许多小小的屋里，湿而发霉的土地上，头发干枯脸儿瘦弱的孩子们，皆蹲在土地上或伏在母亲身边睡着了。作母亲的全按照一个地方的风气，当街坐下，织男子们束腰用的板带过日子。用小小的木制手机，固定在房角一柱上，伸出憔悴的手来，敏捷地把手中犬骨线板压着手机的一端，退着粗粗的棉线，一面用一个棕叶刷子为孩子们拂着蚊蚋，带子成了，便用剪子修理那些边沿，等候每五天来一次的行贩，照行贩所定的价钱，把已成的带子收去。

许多人家门对着门，白日里，日头的影子正正地照到街心不动时，街上半天还无一个人过身。每一个低低的屋檐下人家里的妇人，各低下头来赶着自己的工作，做倦了，抬起头来，用疲倦忧愁的眼睛，张望到对街的一个铺子，或见到一条悬挂到屋檐下的带样，换了新的一条，便仿佛奇异的神气，轻轻地叹着气，用犬骨板击打自己的下颌，因为她一定想起一些事情，记忆到由另一个大城里来的收货人的买卖了。她一定还想到另外一些事情。

有时这些妇人把工作停顿下来，遥遥地谈着一切。最小的孩子饿哭了，就拉开衣的前襟，抓出枯瘪的乳头，塞到那些小小的口里去。她们谈着手边的工作，谈着带子的价钱和棉纱的价钱，谈到麦子和盐，谈到鸡的发瘟，猪的发瘟。

街上也常常有穿了红绸子大裤过身的女人，脸上抹胭脂擦粉，小小的髻子，光光的头发，都说明这是一个新娘子。到这时，小孩子便大声喊着看新娘子，大家完全把工作放下，站在门前望着，望到看不见这新娘子的背影时才重重地换了一次呼吸，回到自己的工作凳子上去。

街上有时有一只狗追一只鸡，便可以看见到一个妇人持了一长长的竹子打狗的事情，使所有的孩子们都觉得好笑。长街在日里也仍然不寂寞。

街上有时甚么人来信了；许多妇人皆争着跑出去，看看是甚么人从甚么地方寄来的。她们将听那些识字的人，念信内说到的一切。小孩子们同狗，也常常凑热闹，追随到那个人的家里去，那个人家便不同了。但信中有时却说到一个人死了的这类事，于是主人便哭了。于是一切不相干的人，围聚在门前，过一会，又即刻走散了。这妇人，伏在堂屋里哭泣，另外一些妇人便代为照料孩子，买豆腐，买酒，买纸钱，于是不久大家都知道那家男人已死掉了。

街上到黄昏时节，常常有妇人手中拿了小小的笡箩，放了一些米，一个蛋，低低地喊出了一个人的名字，慢慢地从街这端走到另一端去。这是为不让小孩子夜哭发热，使他在家中安静的一种方法，这方法，同时也就娱乐到一切坐到门边的小孩子。长街上这时节也不寂寞的。

黄昏里，街上各处飞着小小的蝙蝠。望到天上的云，同归巢还家的老鸹，背了小孩子们到门前站定了的女人们，一面摇动背上的孩子，一面总轻轻地唱着忧郁凄凉的歌，娱悦到心上的寂寞。

爸爸晚上回来了，回来了，因为老鸹一到晚上也回来了！

远处山上全紫了，土城擂鼓起更了，低低的屋里，有小小油灯的光，为画出屋中的一切轮廓，听到筷子的声音，听到碗盏磕碰的声音……但忽然间小孩子又哇地哭了。

爸爸没有回来。有些爸爸早已不在这世界上了，但并没有信来。有些临死时还忘不了家中的一切，便托了便人带了信回来。得到信息哭了一整夜的妇人，到晚上便把纸钱放在门前焚烧。红红的火光照到街上下人家的屋檐，照到各个人家的大门。见到这火光的孩子们，也照例十分欢喜。长街这时节也并不寂寞的。

阴雨天的夜里，天上漆黑，街头无一个街灯，狼在土城外山嘴上嗥着，用鼻子贴近地面，如一个人的哭泣，地面仿佛浮动在这奇怪的声音里。甚么人家的孩子在梦里醒来，吓哭了，母亲便说："莫哭，狼来了，谁哭谁就被狼吃掉。"

卧在土城高处木棚里老而残废的人，打着梆子。这里的人不须明白一个夜里有多少更次，且不必明白半夜里醒来是甚么时候。那梆子声音，只是告给长街上人家，狼已爬进土城到长街，要他们小心一点门户。

一到阴雨的夜里，这长街更不寂寞，因为狼的争斗，使全街热闹了许多。冬天若夜里落了雪，则早早地起身的人，开了门，便可看到狼的脚迹，同糍粑一样印在雪里。

1931 年 5 月 10 日

囚绿记

//

陆蠡

这是去年夏间的事情。

我住在北平的一家公寓里。我占据着高广不过一丈的小房间，砖铺的潮湿的地面，纸糊的墙壁和天花板，两扇木格子嵌玻璃的窗，窗上有很灵巧的纸卷帘，这在南方是少见的。

窗是朝东的。北方的夏季天亮得快，早晨五点钟左右太阳便照进我的小屋，把可畏的光线射个满室，直到十一点半才退出，令人感到炎热。这公寓里还有几间空房子，我原有选择的自由的，但我终于选定了这朝东房间，我怀着喜悦而满足的心情占有它，那是有一个小小理由。

这房间靠南的墙壁上，有一个小圆窗，直径一尺左右。窗是圆的，却嵌着一块六角形的玻璃，并且左下角是打碎了，留下一个大孔隙，手可以随意伸进伸出。圆窗外面长着常春藤。当太阳照过它繁密的枝叶，透到我房里来的时候，便有一片绿影。我便是欢喜这片绿影才选定这房间的。当公寓里的伙计替我提了随身小提箱，领我到这房间来的时候，

第三章　在孤独中学会长大

我瞥见这绿影,感觉到一种喜悦,便毫不犹疑地决定下来,这样了截爽直使公寓里伙计都惊奇了。

绿色是多宝贵的啊!它是生命,它是希望,它是慰安,它是快乐。我怀念着绿色把我的心等焦了。我欢喜看水白,我欢喜看草绿。我疲累于灰暗的都市的天空和黄漠的平原,我怀念着绿色,如同涸辙的鱼盼等着雨水!我急不暇择的心情即使一枝之绿也视同至宝。当我在这小房中安顿下来,我移徙小台子到圆窗下,让我的面朝墙壁和小窗。门虽是常开着,可没人来打扰我,因为在这古城中我是孤独而陌生。但我并不感到孤独。我忘记了困倦的旅程和已往的许多不快的记忆。我望着这小圆洞,绿叶和我对语。我了解自然无声的语言,正如它了解我的语言一样。

我快活地坐在我的窗前。度过了一个月,两个月,我留恋于这片绿色。我开始了解渡越沙漠者望见绿洲的欢喜,我开始了解航海的冒险家望见海面飘来花草的茎叶的欢喜。人是在自然中生长的,绿是自然的颜色。

我天天望着窗口常春藤的生长。看它怎样伸开柔软的卷须,攀住一根缘引它的绳索,或一茎枯枝,看它怎样舒开折叠着的嫩叶,渐渐变青,渐渐变老,我细细观赏它纤细的脉络,嫩芽,我以揠苗助长的心情,巴不得它长得快,长得茂绿。下雨的时候,我爱它淅沥的声音,婆娑的摆舞。

忽然有一种自私的念头触动了我。我从破碎的窗口伸出手去,把两枝浆液丰富的柔条牵进我的屋子里来,教它伸长到我的书案上,让绿色

103

和我更接近，更亲密。我拿绿色来装饰我这简陋的房间，装饰我过于抑郁的心情。我要借绿色来比喻葱茏的爱和幸福，我要借绿色来比喻猗郁的年华。我囚住这绿色如同幽囚一只小鸟，要它为我作无声的歌唱。

绿的枝条悬垂在我的案前了，它依旧伸长，依旧攀缘，依旧舒放，并且比在外边长得更快。我好像发现了一种"生的欢喜"，超过了任何种的喜悦。从前我有个时候，住在乡间的一所草屋里，地面是新铺的泥土，未除净的草根在我的床下茁出嫩绿的芽苗，蕈菌在地角上生长，我不忍加以剪除。后来一个友人一边说一边笑，替我拔去这些野草，我心里还引为可惜，倒怪他多事似的。

可是每天在早晨，我起来观看这被幽囚的"绿友"时，它的尖端总朝着窗外的方向。甚至于一枚细叶，一茎卷须，都朝原来的方向。植物是多固执啊！它不了解我对它的爱抚，我对它的善意。我为了这永远向着阳光生长的植物不快，因为它损害了我的自尊心。可是我囚系住它，仍旧让柔弱的枝叶垂在我的案前。

它渐渐失去了青苍的颜色，变成柔绿，变成嫩黄；枝条变成细瘦，变成娇弱，好像病了的孩子。我渐渐不能原谅我自己的过失，把天空底下的植物移锁到暗黑的室内；我渐渐为这病损的枝叶可怜，虽则我恼怒它的固执，无亲热，我仍旧不放走它。魔念在我心中生长了。

我原是打算七月尾就回南方去的。我计算着我的归期，计算这"绿囚"出牢的日子。在我离开的时候，便是它恢复自由的时候。

卢沟桥事件发生了。担心我的朋友电催我赶速南归。我不得不变更我的计划，在七月中旬，不能再留连于烽烟四逼中的旧都，火车已经断了数天，我每日须得留心开车的消息。终于在一天早晨候到了。临行时我珍重地开释了这永不屈服于黑暗的囚人。我把瘦黄的枝叶放在原来的位置上，向它致诚意的祝福，愿它繁茂苍绿。

离开北平一年了。我怀念着我的圆窗和绿友。有一天，得重和它们见面的时候，会和我面生么？

我的童年（节选）

// 许地山

在公元一八九三年二月十四日，正当光绪十九年十二月二十八的上午丑时，我生于台湾台南府城延平郡王祠边的窥园里。这园是我祖父置的。出门不远，有一座马伏波祠，本地人称为马公庙，称我们的家为马公庙许厝①。我的乳母求官是一个佃户的妻子，她很小心地照顾我。据母亲说，她老不肯放我下地，一直到我会在桌上走两步的时候，她才惊讶地嚷出来："丑官会走了！"叔丑是我的小名，因为我是丑时生的。母亲姓吴，兄弟们都称她叫"妪"，是我们几弟兄跟着大哥这样叫的，乡人称母亲为"阿姐""阿姨""乃娘"，却没有称"妪"的，家里叔伯兄弟们称呼他们的母亲，也不是这样，所以"妪"是我们几兄弟对母亲所用的专名。

妪生我的时候是三十多岁，她说我小的时候，皮肤白得像那刚蜕皮的小螳螂一般。这也许不是赞我，或者是由乳母不让我出外晒太阳的原

---

① 厝，闽南方言，房屋的意思。

故。老家的光景，我一点印象也没有。在我还不到一周年的时候，中日战争便起来了。台湾的割让，迫着我全家在一八九六年某日离开乡里。妪在我幼年时常对我说当时出走的情形，我现在只记得几件有点意思的，一件是她要在安平上船以前，到关帝庙去求签，问问台湾要到几时才归中国。签诗回答她的大意说，中国是像一株枯杨，要等到它的根上再发新芽的时候才有希望。深信着台湾若不归还中国，她定是不能再见到家门的。但她永远不了解枯树上发新枝是指什么，这谜到她去世时还在猜着。她自逃出来以后就没有回去过。第二件可纪念的事，是她在猪圈里养了一只"天公猪"，临出门的时候，她到栏外去看它，流着泪对它说："公猪，你没有福分上天公坛了，再见吧。"那猪也像流着泪，用那断藕般的鼻子嗅着她的手，低声呜呜地叫着。台湾的风俗男子生到十三四岁的年纪，家人必得为他抱一只小公猪来养着，等到十六岁上元日，把它宰来祭上帝，所以管它叫"天公猪"，公猪由主妇亲自豢养的，三四年之中，不能叫它生气、吃惊、害病等。食料得用好的，绝不能把污秽的东西给它吃，也不能放它出去游荡像平常的猪一般。更不能容它与母猪在一起。换句话，它是一只预备做牺牲的圣畜。我们家那只公猪是为大哥养的，他那年已过了十三岁。她每天亲自养它，已经快到一年了。公猪看见她到栏外格外显出亲切的情谊。她说的话，也许它能理会几分。我们到汕头三个月以后，得着看家的来信，说那公猪自从她去后，就不大肯吃东西，渐渐地瘦了，不到半年公猪竟然死了。她到十年以后还在想念着它。她叹息公猪没福分上天公坛，大哥没福分用一只自豢的圣畜。

故乡的风俗男子生后三日剃胎发，必在囟门①上留一撮，名叫"囟鬃"。长了许剪不许剃，必得到了十六岁的上元日设坛散礼玉皇上帝及天宫，在神前剃下来。用红线包起，放在香炉前和公猪一起供着，这是古代冠礼的遗意。

还有一件是妪养的一双绒毛鸡。广东叫做竹丝鸡，很能下蛋。她打了一双金耳环戴在它碧色的小耳朵上。临出门的时候，她叫看家好好地保护它。到了汕头之后，又听见家里出来的人说，父亲常骑的那匹马被日本人牵去了。日本人把它上了铁蹄。它受不了，不久也死了。父亲没与我们同走，他带着国防兵在山里，刘永福②又要他去守安平。那时民主国的大势已去，在台南的刘永福，也没有什么办法，只好预备走。但他又不许人多带金银，在城门口有他的兵搜查"走反"的人民。乡人对于任何变化都叫做"反"。反朱一贵，反戴万生③，反法兰西，都曾大规模逃走到别处去。乙未年的"走日本反"恐怕是最大的"走"了。妪说我们出城时也受过严密的检查。因为走得太仓猝，现银预备不出来。所带的只有十几条纹银，那还是到大姑母的金铺现兑的。全家人到城门口，已是拥挤得很。当日出城的有大伯父一支五口，四婶一支四口，妪和我们姊弟六口，还有杨表哥一家，和我们几兄弟的乳母及家丁七八口，有二十多人。先坐牛车到南门外自己的田庄里过一宿，第二天才出安平乘竹筏上轮船到汕头去。妪说我当时只穿着一套夏布衣服；家里的人穿的

---

① 囟门，指婴幼儿颅骨接合不紧所形成的骨间隙。
② 刘永福，中国近代史上的军事家、民族英雄。刘永福因抗法援越和抗日保台的功绩受到中国人民的尊敬。
③ 朱一贵、戴万生，台湾清朝时期民变首领。

都是夏天衣服，所以一到汕头不久，很费了事为大家做衣服。我到现在还仿佛地记忆着我是被人抱着在街上走，看见满街上人拥挤得很，这是我最初印在我脑子里的经验。自然当时不知道是什么，依通常计算虽叫做三岁，其实只有十八个月左右。一切都是很模糊的。

我家原是从揭阳移居于台湾的。因为年代远久，族谱里的世系对不上，一时不能归宗。爹的行止还没一定，所以暂时寄住在本家的祠堂里。主人是许子荣先生与子明先生二位昆季[①]，我们称呼子荣为太公，子明为三爷，他们二位是爹早年的盟兄弟。祠堂在桃都的围村，地方很宏敞，我们一家都住得很舒适。太公的二少爷是个秀才，我们称他为杞南兄，大少爷在广州经商，我们称他做梅坡哥。祠堂的右边是杞南兄住着，我们住在左边的一段。妪与我们几兄弟住在一间房。对面是四婶和她的子女住。隔一个天井，是大伯父一家住。大哥与伯父的儿子辛哥住伯父的对面房。当中各隔着一间厅。大伯的姨太清姨和逊姨住左厢房，杨表哥住外厢房，其余乳母工人都在厅上打铺睡。这样算是在一个小小的地方安顿了一家子。

祠堂前头有一条溪，溪边有蔗园一大区，我们几个小弟兄常常跑到园里去捉迷藏；可是大人们怕里头有蛇，常常不许我们去。离蔗园不远的地方还有一区果园，我还记得柚子树很多。到开花的时候，一阵阵的清香叫人闻到觉得非常愉快，这气味好像现在还有留着。那也许是我第一次自觉在树林里遨游，在花香与蜂闹的树下，在地上玩泥土，玩了大半天才被人叫回家去。

[①] 昆季，意思是兄弟。长为昆，幼为季。出自《列子》。

妪是不喜欢我们到祠堂外去的，她不许我们到水边玩，怕掉在水里；不许到果园里去，怕糟蹋人家的花果；又不许到蔗园去，怕被蛇咬了。离祠堂不远通到村市的那道桥，非有人领着，是绝对不许去的，若犯了她的命令，除掉打一顿之外，就得受缔佛的刑罚。缔佛是从乡人迎神赛会时把偶像缔结在神舆[①]上以防倾倒的意义得来的，我与叔庚被缔的时候次数最多，几乎没有一天不"缔"整个下午。

[①] 神舆，用于载运神主的车驾。

家庭教师

萧红

二十元票子,使他做了家庭教师。

这是第一天,他起得很早,并且脸上也像愉悦了些。我欢喜地跑到过道去倒脸水。

心中埋藏不住这些愉快,使我一面折着被子,一面嘴里任意唱着什么歌的句子。而后坐到床沿,两腿轻轻地跳动,单衫的衣角在腿下抖荡。我又跑出门外,看了几次那个提篮卖面包的人,我想,他应该吃些点心吧,八点钟他要去教书,天寒,衣单,又空着肚子,那是不行的。

但是还不见那提着膨胀的篮子的人来到过道。

郎华做了家庭教师,大概他自己想也应该吃了。当我下楼时,他就自己在买,长形的大提篮已经摆在我们房间的门口。他仿佛是一个大蝎虎样,贪婪地,为着他的食欲,从篮子里往外捉取着面包、圆形的点心和"列巴圈"。他强健的两臂,好像要把整个篮子抱到房间里才能满足。最后,他会过钱,下了最大的决心,舍弃了篮子,跑回房中来吃。

还不到八点钟，他就走了。九点钟刚过，他就回来。下午太阳快落时，他又去一次，一个钟头，又回来。他已经慌慌忙忙像是生活有了意义似的。当他回来时，他带回一个小包袱，他说那是才从当铺取出的从前他当过的两件衣裳。他很有兴致地把一件夹袍从包袱里解出来，还有一件小毛衣。

"你穿我的夹袍，我穿毛衣。"他吩咐着。

于是，两个人各自赶快穿上。他的毛衣很合适。唯有我穿着他的夹袍，两只脚使我自己看不见，手被袖口吞没去，宽大的袖口，使我忽然感到我的肩膀一边挂好一个口袋，就是这样，我觉得很合适，很满足。

电灯照耀着满城市的人家。钞票带在我的衣袋里，就这样，两个人理直气壮地走在街上，穿过电车道，穿过扰攘着的那条破街。

一扇破碎的玻璃门，上面封了纸片，郎华拉开它，并且回头向我说："很好的小饭馆，洋车夫和一切工人，全都在这里吃饭。"

我跟着进去。里面摆着三张大桌子。我有点看不惯，好几部分食客都挤在一张桌上。屋子几乎要转不过来身。我想，让我坐在哪里呢？三张桌子满满的都是人。我在袖口外面捏了一下郎华的手说："一张空桌也没有，怎么吃？"

他说："在这里吃饭是随随便便的，有空就坐。"他比我自然得多。接着，他把帽子挂到墙壁上。堂倌走来，用他拿在手中已经擦满油腻的布巾抹了一下桌角，同时向旁边正在吃的那个人说："借光，借光。"

就这样，郎华坐在长板凳上那个人剩下来的一头。至于我呢，堂倌把掌柜独坐的那个圆板凳搬来，占据着大桌子的一头。我们好像存在也可以，不存在也可以似的。不一会，小小的菜碟摆上来。我看到一个小圆木砧上堆着煮熟的肉，郎华跑过去，向着木砧说了一声："切半角钱的猪头肉。"

那个人把刀在围裙上，在那块脏布上抹了一下，熟练地挥动着刀在切肉。我想：他怎么知道那叫猪头肉呢？很快地，我吃到猪头肉了。后来，我又看见火炉上煮着一个大锅，我想要知道这锅里到底盛的是什么，然而当时我不敢，不好意思站起来满屋摆荡。

"你去看看吧。"

"那没有什么好吃的。"郎华一面去看，一面说。

正相反，锅虽然满挂着油腻，里面却是肉丸子。掌柜连忙说："来一碗吧？"

我们没有立刻回答。掌柜又连忙说："味道很好哩。"

我们怕的倒不是味道好不好，既然是肉的，一定要多花钱吧！我们面前摆了五六个小碟子，觉得菜已经够了。他看看我，我看看他。

"这么多菜，还是不要肉丸子吧。"我说。

"肉丸还带汤。"我看他说这话，是愿意了，那么吃吧。一决心，肉丸子就端上来。

破玻璃门边，来来往往有人进出，戴破皮帽子的，穿破皮袄的，还有满身红绿的油匠，长胡子的老油匠，十二三岁尖嗓子的小油匠。

脚下有点潮湿得难过了。可是门仍不住地开关，人们仍是来来往往。一个岁数大一点的妇人，抱着孩子在门外乞讨，仅仅在人们开门时她说一声："可怜可怜吧！给小孩点吃的吧！"然而她从不动手推门。后来，大概她等到时间太长了，就跟着人们进来，停在门口，她还不敢把门关上，表示出她一得到什么东西很快就走的样子。忽然全屋充满了冷空气。郎华拿馒头正要给她，掌柜的摆着手："多得很，给不得。"靠门的那个食客强关了门，已经把她赶出去了，并且说："真她妈的，冷死人，开着门还行！"

不知哪一个发了这一声："她是个老婆子，你把她推出去。若是个大姑娘，不抱住她，你也得多看她两眼。"

全屋人差不多都笑了。我却听不惯这话，我非常恼怒。

郎华为着猪头肉喝了一小壶酒，我也帮着喝。同桌的那个人只吃咸菜，喝稀饭，他结账时还不到一角钱。接着，我们也结账：小菜每碟二分，五碟小菜，半角钱猪头肉，半角钱烧酒，丸子汤八分，外加八个大馒头。

走出饭馆，使人吃惊，冷空气立刻裹紧全身，高空闪烁着繁星。我们奔向有电车经过"叮叮"响的那条街口。

"吃饱没有？"他问。

"饱了。"我答。

经过街口卖零食的小亭子，我还买了两块纸包糖。我一块，他一块，一面上楼，一面吮着糖的滋味。

"你真像个大口袋。"他吃饱了以后才向我说。

同时，我打量着他，也非常不像样。在楼下大镜子前面，两个人照了好久。他的帽子仅仅扣住前额，后脑勺被忘记似的，离得帽子老远老远地独立着。很大的头，顶个小卷沿帽，最不相宜的就是这个小卷沿帽，在头顶上看起来十分不牢固,好像乌鸦落在房顶,有随时飞走的可能。别人送给他的那身学生服短而且宽。

走进房间,像两个大孩子似的,互相比着舌头,他吃的是红色的糖块,所以是红舌头,我是绿舌头。比完舌头之后,他忧愁起来,指甲在桌面上不住地敲响。

"你看,我当家庭教师有多么不带劲!来来往往冻得和个小叫花子似的。"

当他说话时,在桌上敲着的那只手的袖口,已是破了,拖着线条。我想,破了倒不要紧,可是冷怎么受呢?

长久的时间静默着,灯光照在两人脸上,也不跳动一下,我说要给他缝缝袖口,明天要买针线。说到袖口,他警觉一般看一下袖口,脸上立刻浮现着幻想,并且嘴唇微微张开,不自然似的,又不说什么。

关了灯,月光照在窗外,反映得全室微白。两人扯着一张被子,头下破书当作枕头。

隔壁手风琴又"咿咿呀呀"地在诉说生之苦乐。乐器伴着他,他慢慢打开他幽禁的心灵了:

"敏子……这是敏子姑娘给我缝的。可是过去了,过去了就没有什么意义。我对你说过,那时候我疯狂了。直到最末一次信来,才算结束,结束就是说,从那时起她不再给我来信了。这样意外的,相信也不能相信的事情,弄得我昏迷了许多日子……以前许多信都是写着爱我……甚至于说非爱我不可。最末一次信却骂起我来,直到现在,我还不相信,可是事实是那样……"

他起来去拿毛衣给我看："你看这桃色的线……是她缝的……敏子缝的……"

又灭了灯,隔壁的手风琴仍不停止。在说话里边他叫那个名字："敏子,敏子。"都是喉头发着水声。

"很好看的,小眼眉很黑……嘴唇很……很红啊!"说到恰好的时候,在被子里边,他紧紧捏了我一下手。我想:我又不是她。

"嘴唇通红通红……啊……"他仍说下去。

马蹄打在街石上,一朵朵的响声。每个院落在想象中也都睡去。

永久的憧憬和追求

萧红

一九一一年,在一个小县城里边,我生在一个小地主的家里。那县城差不多就是中国的最东最北部——黑龙江省——所以一年之中,倒有四个月飘着白雪。

父亲常常为着贪婪而失掉了人性。他对待仆人,对待自己的儿女,以及对待我的祖父都是同样的吝啬而疏远,甚至于无情。

有一次,为着房屋租金的事情,父亲把房客的全套的马车赶了过来。房客的家属们哭着,诉说着,向我的祖父跪了下来,于是祖父把两匹棕色的马从车上解下来还了回去。

为着这两匹马,父亲向祖父起着终夜的争吵。"两匹马,咱们是不算什么的,穷人,这匹马就是命根。"祖父这样说着,而父亲还是争吵。

九岁时,母亲死去。父亲也就更变了样,偶然打碎了一只杯子,他就要骂到使人发抖的程度。后来就连父亲的眼睛也转了弯,每从他的身边经过,我就像自己的身上生了针刺一样:他斜视着你,他那高傲的眼光从鼻梁经过嘴角而往下流着。

所以每每在大雪中的黄昏里，围着暖炉，围着祖父，听着祖父读着诗篇，看着祖父读着诗篇时微红的嘴唇。

父亲打了我的时候，我就在祖父的房里，一直面向着窗子，从黄昏到深夜——窗外的白雪，好像白棉一样飘着；而暖炉上水壶的盖子，则像伴奏的乐器似的振动着。

祖父时时把多纹的两手放在我的肩上，而后又放在我的头上，我的耳边便响着这样的声音："快快长吧！长大就好了。"

二十岁那年，我就逃出了父亲的家庭。直到现在还是过着流浪的生活。

"长大"是"长大"了，而没有"好"。

可是从祖父那里，知道了人生除掉了冰冷和憎恶而外，还有温暖和爱。

所以我就向这"温暖"和"爱"的方面，怀着永久的憧憬和追求。

初恋

周作人

那时我十四岁，她大约是十三岁吧。我跟着祖父的妾宋姨太太寄寓在杭州的花牌楼，间壁住着一家姚姓，她便是那家的女儿，她本姓杨，住在清波门头，大约因为行三，人家都称她作三姑娘。姚家老夫妇没有子女，便认她做干女儿，一个月里有二十多天住在他们家里，宋姨太太和远邻的羊肉店石家的媳妇虽然很说得来，与姚宅的老妇却感情很坏，彼此都不交口，但是三姑娘并不管这些事，仍旧推进门来游嬉。她大抵先到楼上去，同宋姨太太搭讪一回，随后走下楼来，站在我同仆人阮升公用的一张板桌旁边，抱着名叫"三花"的一只大猫，看我映写陆润庠的木刻字帖。

我不曾和她谈过一句话，也不曾仔细地看过她的面貌与姿态。大约我在那时已经很是近视，但是还有一层缘故，虽然非意识地对于她很是感到亲近，一面却似乎为她的光辉所掩，抬不起眼来去端详她了。在此刻回想起来，仿佛是一个尖面庞，乌眼睛，瘦小身材，而且有尖小的脚的少女，并没有什么殊胜的地方，但在我的性的生活里总是第一个人，使我于自己以外感到对于别人的爱着，引起我没有明了的性之概念的，对于异性的恋慕的第一个人了。

我在那时候当然是"丑小鸭"，自己也是知道的，但最终不以此而减灭我的热情。每逢她抱着猫来看我写字，我便不自觉地振作起来，用了平常所无的努力去映写，感着一种无所希求的迷蒙的喜乐。并不问她是否爱我，或者也还不知道自己是爱着她，总之对于她的存在感到亲近喜悦，并且愿为她有所尽力，这是当时实在的心情，也是她所给我的赐物了。在她是怎样不能知道，自己的情绪大约只是淡淡的一种恋慕，始终没有想到男女关系的问题。有一天晚上，宋姨太太忽然又发表对于姚姓的憎恨，末了说道：

"阿三那小东西，也不是好货，将来总要流落到拱辰桥去做婊子的。"

我不很明白做婊子这些是什么事情，但当时听了心里想道：

"她如果真是流落做了，我必定去救她出来。"

大半年的光阴这样的消费过了。到了七八月里因为母亲生病，我便离开杭州回家去了。一个月以后，阮升告假回去，顺便到我家里，说起花牌楼的事情，说道：

"杨家的三姑娘患霍乱死了。"

我那时也很觉得不快，想象她的悲惨的死相，但同时却又似乎很是安静，仿佛心里有一块大石头已经放下了。

1922 年 9 月

水样的春愁

// 郁达夫

洋学堂里的特殊科目之一,自然是伊利哇啦的英文。现在回想起来,虽不免有点觉得好笑,但在当时,杂在各年长的同学当中,和他们一样地曲着背,耸着肩,摇摆着身体,用了读《古文辞类纂》的腔调,高声朗诵着皮衣啤、皮哀排的精神,却真是一点含糊苟且之处都没有的。

初学会写字母之后,大家所急于想一试的,是自己的名字的外国写法;于是教英文的先生,在课余之暇就又多了一门专为学生拼英文名字的工作。有几位想走捷径的同学,并且还去问过先生,外国《百家姓》和外国《三字经》有没有得买的?先生笑着回答说"外国《百家姓》和《三字经》,就只有你们在读的那一本泼剌玛"的时候,同学们于失望之余,反更是皮哀排、皮衣啤地叫得起劲。

当然是不用说的,学英文还没有到一个礼拜,几本当教科书用的《十三经注疏》《御批通鉴辑览》的黄封面上,大家都各自用墨水笔题上了英文拼的歪斜的名字。又进一步,便是用了异样的发音,操英文说着

"你是一只狗""我是你的父亲"之类的话，大家互讨便宜地混战；而实际上，有几位乡下的同学，却已经真的是两三个小孩子的父亲了。

因为一班之中，我的年龄算最小，所以自修室里，当监课的先生走后，另外的同学们在密语着哄笑着关于男女的问题，我简直一点也感不到兴趣。从性知识发育落后的一点上说，我确不得不承认自己是一个最低能的人。又因自小就习于孤独，困于家境的结果，怕羞的心、畏缩的性，更使我的胆量变得异常地小。在课堂上，坐在我左边的一位同学，年纪只比我大了一岁，他家里有几位相貌长得和他一样美的姊妹，并且住得也和学堂很近很近。因此，在校里，他就是被同学们苦缠得最厉害的一个；而礼拜天或假日，他的家里，就成了同学们的聚集的地方。当课余之暇，或放假期里，他原也恳切地邀过我几次，邀我上他家里去玩去；但形秽之感，终于把我的向往之心压住，曾有好几次想决心跟了他上他家去，可是到了他们的门口，却又同罪犯似的逃了。他以他的美貌，以他的财富和姊妹，不但在学堂里博得了绝大的声势，就是在我们那小小的县城里，也赢得了一般的好誉。而尤其使我羡慕的，是他的那一种对同我们是同年辈的异性们的周旋才略，当时我们县城里的几位相貌比较艳丽一点的女性，个个是和他要好的，但他也实在真胆大，真会取巧。

当时同我们是同年辈的女性，装饰入时，态度豁达，为大家所称道的，有三个。一个是一位在上海开店、富甲一邑的商人赵某的侄女；她住得和我最近。还有两个，也是比较富有的中产人家的女儿，在交通不便的当时，已经各跟了她们家里的亲戚，到杭州、上海等地方去跑跑了；她们俩，却都是我那位同学的邻居。这三个女性的门前，当傍晚的时候，或月明的中夜，老有一个一个的黑影在徘徊；这些黑影的当中，有不少都是我们的同学。因为每到礼拜一的早晨，没有上课之先，我老听见有同学们在操场上笑说在一道，并且时时还高声地用着英文作了隐语，如"我看见她了！""我听见她在读书"之类。而无论在什么地方于什么时候凡关于这一类的谈话的中心人物，总是课堂上坐在我的左边、年龄只比我大一岁的那一位天之骄子。

赵家的那位少女，皮色实在细白不过，脸形是瓜子脸；更因为她家里有了几个钱，而又时常上上海她叔父那里去走动的缘故，衣服式样的新异，自然可以不必说，就是做衣服的材料之类，也都是当时未开通的我们所不曾见过的。她们家里，只有一位寡母和一个年轻的女仆，而住的房子却很大很大。门前是一排柳树，柳树下还杂种着些鲜花；对面的一带红墙，是学宫的泮水围墙，泮池上的大树，枝叶垂到了墙外，红绿便映成着一色。当浓春将过，首夏初来的春三四月，脚踏着日光下石砌路上的树影，手捉着扑面飞舞的杨花，到这一条路上去走走，就是没有什么另外的奢望，也很有点像梦里的游行，更何况楼头窗里时常会有那一张少女的粉脸出来向你抛一眼两眼的低眉斜视呢！

此外的两个女性，相貌更是完整，衣饰也尽够美丽，并且因为她俩的住址接近，出来总在一道，平时在家，也老在一处，所以胆子也大，认识的人也多。她们在二十余年前的当时，已经是开放得很，有点像现代的自由女子了，因而上她们家里去鬼混，或到她们门前去守望的青年，数目特别地多，种类也自然要杂。

我虽则胆量很小，性知识完全没有，并且也有点过分的矜持，以为成日地和女孩子们混在一道是读书人的大耻,是没出息的行为;但到底还是一个亚当的后裔,喉头的苹果,怎么也吐它不出、咽它不下,同北方厚雪地下的细草萌芽一样,到得冬来,自然也难免得有些望春之意;老实说将出来,我偶尔在路上遇见她们中间的无论哪一个,或凑巧在她们门前走过一次的时候,心里也着实有点难受。

住在我那同学邻近的两位,因为距离的关系,更因为她们的处世知识比我长进,人生经验比我老成得多,和我那位同学当然是早已有过纠葛,就是和许多不是学生的青年男子也各已有了种种的风说,对于我虽像是一种含有毒汁的妖艳的花,诱惑性或许格外地强烈,但明知我自己绝不是她们的对手,平时不过于遇见的时候有点难以为情的样子,此外倒也没有什么了不得的思慕,可是那一位赵家的少女,却整整地恼乱了我两年的童心。

我和她的住处比较近,故而三日两头,总有着见面的机会。见面的时候,她或许是无心,只同对于其他的同年辈的男孩子打招呼一样,对我微笑一下,点一点头,但在我却感得同犯了大罪被人发觉了的样子,和她见面一次,马上要变得头昏耳热,胸腔里的一颗心突突地总有半个钟头好跳。因此,我上学去或下课回来,以及平时在家或出外去的时候,总无时无刻不在留心,想避去和她的相见。但遇到了她,等她走过去后,或用功用得很疲乏把眼睛从书本子举起的一瞬间,心里又老在盼望,盼望着她再来一次,再上我的眼面前来立着对我微笑一脸。

有时候从家中进出的人的口里传来,听说"她和她母亲又上上海去了,不知要什么时候回来",我心里会同时感到一种像释重负又像失去了什么似的忧虑，生怕她从此一去，将永久地不回来了。

同芭蕉叶似的重重包裹着我这一颗无邪的心，不知在什么地方透露了消息，终于被课堂上坐在我左边的那位同学看穿了。一个礼拜六的下午，落课之后，他轻轻地拉着了我的手对我说："今天下午，赵家的那个小丫头，要上倩儿家去，你愿不愿意和我同去一道玩儿？"这里所说的倩儿，就是那两位他邻居的女孩子之中的一个的名字。我听了他的这一句密语，立时就涨红了脸，喘急了气，嗫嚅着说不出一句话来回答他，尽在拼命地摇头，表示我不愿意去，同时眼睛里也水汪汪地想哭出来的样子；而他却似乎已经看破了我的隐衷，得着了我的同意似的用强力把我拖出了校门。

到了倩儿她们的门口，当然又是一番争执，但经他大声地一喊，门里的三个女孩，却同时笑着跑出来了；已经到了她们的面前，我也没有什么别的办法了，自然只好俯着首，红着脸，同被绑赴刑场的死刑囚似的跟她们到了室内。经我那位同学带了滑稽的声调将如何把我拖来的情节说了一遍之后，她们接着就是一阵大笑。我心里有点气起来了，以为她们和他在侮辱我，所以于羞愧之上，又加了一层怒意。但是奇怪得很，两只脚却软落来了，心里虽在想一溜跑走，而腿神经终于不听命令。跟她们再到客房里去坐下，看他们四人捏起了骨牌，我连想跑的心思也早已忘掉，坐将在我那位同学的背后，眼睛虽则时时在注视着牌，但间或得着机会，也着实向她们的脸部偷看了许多次数。等她们的输赢赌完，一餐东道的夜饭吃过，我也居然和她们伴熟，有说有笑了。临走的时候，倩儿的母亲还派了我一个差使，点上灯笼，要我把赵家的女孩送回家去。

自从这一回后，我也居然入了我那同学的伙，不时上赵家和另外的两女孩家去进出了；可是生来胆小，又加以毕业考试的将次到来，我的和她们的来往，终没有像我那位同学似的繁密。

正当我十四岁的那一年春天（一九〇九，宣统元年己酉），是旧历正月十三的晚上，学堂里于白天给与了我以毕业文凭及增生执照之后，就在大厅上摆起了五桌送别毕业生的酒宴。这一晚的月亮好得很，天气也温暖得像二三月的样子。满城的爆竹，是在庆祝新年的上灯佳节，我于喝了几杯酒后，心里也感到了一种不能抑制的欢欣。出了校门，踏着月亮，我的双脚，便自然而然地走向了赵家。她们的女仆陪她母亲上街去买蜡烛、水果等过元宵的物品去了，推门进去，我只见她一个人拖着了一条长长的辫子，坐在大厅上的桌子边上洋灯底下练习写字。听见了我的脚步声音，她头也不朝转来，只曼声地问了一声："是谁？"我故意屏着声，提着脚，轻轻地走上了她的背后，一使劲一口就把她面前的那盏洋灯吹灭了。月光如潮水似的浸满了这一座朝南的大厅，她于一声高叫之后，马上就把头朝了转来。我在月光里看见了她那张大理石似的嫩脸，和黑水晶似的眼睛，觉得怎么也熬忍不住了，顺势就伸出了两只手去，捏住了她的手臂。两人的中间，她也不发一语，我也并无一言，她是扭转了身坐着，我是向她立着的。她只微笑着看看我，看看月亮，我也只微笑着看看她，看看中庭的空处，虽然此外的动作、轻薄的邪念、明显的表示一点也没有，但不晓怎样一般满足、深沉、陶醉的感觉，竟同四周的月光一样，包满了我的全身。

两人这样地在月光里沉默着相对，不知过了多久，终于她轻轻地开始说话了:"今晚上你在喝酒?""是的,是在学堂里喝的。"到这里我才放开了两手,向她边上的一张椅子里坐了下去。"明天你就要上杭州去考中学去么?"停了一会儿,她又轻轻地问了一声。"嗳,是的,明朝坐快班船去。"两人又沉默着,不知坐了几多时候,忽听见门外头她母亲和女仆说话的声音渐渐儿地近了,她于是就忙着立起来擦洋火,点上了洋灯。

  她母亲进到了厅上,放下了买来的物品,先向我说了些道贺的话,我也告诉了她,明天将离开故乡到杭州去;谈不上半点钟的闲话,我就匆匆告辞出来了。在柳树影里披了月光走回家来,我一边回味着刚才在月光里和她两人相对时沉醉似的恍惚,一边在心的底里,忽儿又感到了一点极淡极淡,同水一样的春愁。

1935 年 1 月 20 日

第四章

允许自己虚度时光

看 月

//

叶圣陶

住在上海"弄堂房子"里的人对于月亮的圆缺隐现是不甚关心的。所谓"天井",不到一丈见方的面积。至少十六支光的电灯每间里总得挂一盏。环境限定,不容你有关心到月亮的便利。走到路上,还没"断黑"已经一连串地亮了街灯。有月亮吧,就像多了一盏灯。没有月亮吧,犹如一盏街灯损坏了,没有亮起来。谁留意这些呢?

去年夏天,我曾经说过不大听到蝉声,现在说起月亮,我又觉得许久不看见月亮了。只记得某夜夜半醒来,对窗的收音机已经沉寂,隔壁的"麻将"也歇了手,各家的电灯都已熄灭,一道象牙色的光从南窗透进来,把窗棂印在我的被袱上。我略微感到惊异,随即想到原来是月亮光。好奇地要看看月亮本身,我向窗外望。但是,一会儿月亮被云遮没了。

从北平来的人往往说在上海这地方怎么"呆"得住。一切都这样紧张。空气是这样龌龊。走出去很难得看见树木,诸如此类,他们可以举出一大堆。我想,月亮仿佛失掉了这一点,也该列入他们认为上海"呆"

第四章　允许自己虚度时光

不住的理由吧。假若如此，我倒并不同意。在生活的诸般条件里列入必须看月亮一项，那是没有理由的。清旷的襟怀和高远的想象力未必定须由对月而养成。把仰望的双眼移到地面，同样可以收到修养上的效益，而且更见切实。可是我并非反对看月亮，只是说即使不看也没有什么关系罢了。

最好的月色我也曾看过。那时在福州的乡下，地当闽江一折的那个角上。某夜，靠着楼栏直望。闽江正在上潮，受着月光，成为水银的洪流。江岸诸山略微笼罩着雾气，好像不是平日看惯的那几座山了。月亮高高停在天空，非常舒泰的样子。从江岸直到我的楼下是一大片沙坪，月光照着，茫然一白，但带点儿青的意味。不知什么地方送来晚香玉的香气。也许是月亮的香气吧，我这么想。我心中不起一切杂念，大约历一刻钟之久，才回转身来。看见蛎粉墙上印着我的身影，我于是重又意识到了我。

那样的月色如果能得再看几回，自然是愉悦的事，虽然前面我说过"即使不看也没有什么关系"。

1933 年

种 树

//

魏金枝

屋前的小天井里，除开当中的一方水汀地外，两边还余下两块泥地，本来种着好几样花木，计有三株冬青，一株杜鹃，两丛竹。我们是住惯了亭子间的，在房内每天看见的就是墙壁，所以当我们初住来时，对于这几样点缀品，也曾发生过一些兴趣。譬如在月夜，可有些树木的影子，参差地映到房里来。而晴和的日子，也有些小鸟，在树上啁啾。尤其是大热天，孩子们也可躲在树下玩儿，晒不着太阳。因此且曾议定方案，预备将它好好地整理一下。至于保护，那是当然了，对于这么个私家花园，实有义不容辞的责任。无如总因为忙，议定的方案，一直没有实行，甚且久而久之，对于这几样点缀品，慢慢地发生了厌倦之感。尤其是我的太太，她总说这房子的光线太差，老是绿暗暗的，分不出朝晚，辨不出昏晓，甚至连缝一个纽扣，也得费尽眼劲。那就是说，天井太小，树木太多，光线不能射进室内，室内便成一座深林，于是人在室内，犹如在昏暗中摸索。因而烦闷焦躁，以至于发生厌倦之感，那也是必然的结果。

第四章　允许自己虚度时光

然而最主要的，还是晒晾问题，孩子们是排泄专家，天天总有些尿布衣裤之类的东西要晒晾，可是树木却挡住了太阳，挡住了晾竿，给你种种的麻烦，使你不得不爬到三楼洋台上去晒晾。这还犹无不可；一到春天，它们还要尽力将枝丫伸展开来，慢慢地占住了从阶沿到玻璃窗这一空隙，这已使人发生一些逼害之感。且进而要拱破玻璃，大有登堂入室的样子。再过一时，又是黄霉天，天上整天下着牛毛雨，而孩子们小便的次数也就跟着竞争似的，越密越多，于是尿布衣服也就供不应求。既不能上洋台去晾，又不能湿了不换，唯一的办法，便只好在房里搭着竹竿阴晾。于是室内竿上的尿布，便如万国旗般，飘飘荡荡，挂个满室。水滴固然有时不免，而尿骚也就着实难闻。至于蚊子，自然也是从那些树木下孕育出来的，所以追根问底，自然都得怨怪到那几株花木。

大概也是一个霉天吧，我像落汤鸡似的逃回了家，衣上既是潮湿的雨滴，而衣内又是蒸郁的汗流，于是脱了衣，抹了身，躺在藤椅上息力，一面抓起报纸，无聊地消遣着。总以为可以暂时安适一下了，忽然，一滴尿布上的水滴，正正巧巧地滴在我的鼻梁上，初次，我只嫌恶地抹去了水滴，另换了一个座位，但是第二个水滴，又马上滴在额上了。这把我肚里的陈年老火升了上来，于是我下了决心，顺手拿了把菜刀，也不声响，开出门去，对准了大一点的一株冬青，狠命地砍了几刀。刀是钝的，自然不能一下砍去，可是树枝上的水滴，却淋了我一身，把我新换的一身衣服，淋得滥湿。这时节，我真恨透了，不但不停止砍伐，而且加足了劲，心想一气就砍光了所有天井里的花木。但结果却更坏，因为刀卷了口，虽然还继续砍着，而刀却只从树皮上滑了去，有几下，甚至滑到自己的脚边，因而擦伤了皮肤。于是太太出来了，看见我那副光火的呆劲，怕我会砍断自己的脚，连忙把刀夺了去。算是表示安慰，于是坚决地说，一等天晴，她就预备向隔壁借把快刀，将所有树木，一起砍个尽光。而我，老实讲，我也是力乏了，也便就此下场。

过了黄霉，天是晴了，猛烈的太阳，有时也从枝叶间溜进房内，于是我们的心情，也好似开朗了些，所以砍伐的计划，也就停着不曾进行。但是搁在心上的芥蒂，却也未曾消散，只是因为忙了，管不到这琐碎，也就得过且过，苟安着不再提起。凑巧不巧，接着又来了个秋季大霖雨，又是潮湿，又是热闷，然而室内，却又不得不晾满了尿布，而水滴也照常滴沥个满室，于是肚痛埋怨灶司，重新记起那几棵门外的花木。哪知天逢人愿，一夜大风，竟把那顶大的一株冬青连根拔了起来。本来，将它好好地扶直了，填好了泥土，或可照样生存下去的，可是因为心里恨它，所以虽然大水退了，还是存了一种幸灾乐祸的心理，让它自然地枯死了。接着，旁的两株冬青，两丛竹，一株杜鹃，大抵也因为淹了水，也都先后枯萎下去，接着一切都死了。

少了一切障碍着晾竿和阳光的障碍，室内是光明了，天井里也空旷了许多，尽可晒晾了，那是多么地可喜呵，于是一个假日，我便动手砍去已死的树骸，用菜刀把它们从根砍下，然后一段段地砍成柴片，预备作为引火之物。可是正当我砍伐到最大的那株死冬青，当我伸手扶它起来，我就发觉冬青的枝丫，原来还交叉着另一株树木的枝丫，那是有着阔阔的叶子，比枇杷的叶子光滑鲜阔，原来是一株法国梧桐。它，原来就是一边靠着墙，一边靠着阶沿，一向躲在冬青树下，却被冬青茂密的

第四章　允许自己虚度时光

枝叶遮蔽着，几乎无法显露出它的真面目，而现在，它却既不受风灾，也不受水灾，所以才给侥幸地生存下来了。大概由于一点怜恤吧，也或者由于觉得这天井过于空旷了，于是我，一面以一种抱不平的气概，将冬青砍了下来，一面就将这受害者留着。心想，这样，它现在可以舒畅地生活了。

虽然这样，然而它那先天的地位，还是非常不利，因为靠着墙，它仍很难把它的枝干，自由地伸展开来，因此它只得像负隅的野兽般，将背脊贴住墙，而它的枝叶，则如驼背的老人，向前伛偻，必须吃力地支持自己，才能免于颠扑。因此我推想，倘使不砍去那株已死了的冬青，也或者可以稍稍支持它，然而现在却已砍去了。而另一面，生命之力，又拼命地引诱它，引向空间，引向太阳，以至于要是再继续长大下去，它自己的过量的体重，必至折断了它的腰。因之它也似乎觉得这点，便停止发展，甚至过了整个的一年，它仍是原样高，原样大，寂寞地躲在墙角边；倘不是正式地跨下院子去，便很难看见它的是否存在。

而同时，砍去了树木，自然是多得了些光明，也有晒晾的地方了，然而一少了它们，又就觉到太寂寞了。因为少了它们，也就没有鸟声可听，月影可看。这，大概因为我们自己也是生物的缘故吧，往往多了一个生物，有时便会觉得多一份麻烦，但一旦少了一件，便又会觉得寂寞，那真是人类可笑的矛盾。

因此，我们又逐渐觉得寂寞起来了。当我们从玻璃格子上望出去，低点，便看见两块不毛的泥地，稍抬得高一点，又是面对着人家的死板的墙窗，此外再没什么有色素有生命的生物。虽然少了些蚊子，却也增加了热度,因为有着树木,树固然遮去了太阳的光线,但也代受了太阳的热力。这在平时,我们是不觉得的,现在却深切的觉得了,没了树木,也并没增加多少便利。

大概是偶然的一天,我又习惯地从玻璃上窥视天井,看见左边的那方泥地上,笔直地插着两三块劈开的柴爿,据我当时的断定,以为定是孩子们在天井里玩,于是就把柴爿当为旗杆之类,插在那里了。这玩意,我们小时,也常常这么做,因此我又想,大概明天,孩子们玩腻了,一定又会把它拔了,仍旧丢到柴堆上去。然而,它竟出乎我的意料,它们竟笔直地插了好多天,当我每次探头门外的时光,还是笔直地插着。于是我又想,大概因为天气凉了,孩子们便少跑到天井里去,于是对那已经插着的柴爿,也就懒得去收拾了。

然而这想法并不对,在某一个星期天,我仍看见他们照样跑到天井里去玩,照样地争着吵着,对于刺面的秋风,并不觉着什么,而那插着的柴爿,也还照样的插着,可见我想的并不正确,另外必定还有一个缘故。于是我就几乎每天都要习惯地向天井里窥视一次,看看插着的木片,到底有什么变动。终于有一天,晚饭的时候,我又探头看天井了,忽然看见木片拔去了,换上三根鹅毛,而且仍是插在原一地位上。

"鹅毛,那里来的鹅毛?"我终于问了。

"是的,鹅毛,后门对家杀了鹅,她就去讨了来。"

"我是问,谁把它插在地上的?"

终于妻笑了,她指指坐在她身旁的孩子。"这呆子,"她说,"她要种出许多鹅毛来,因此她就把鹅毛插在地上了。"

"那么，那些柴爿，也是你插的。"我问那孩子。"可是插了柴爿，那是长些柴爿给妈妈烧饭吧？"

她皱起眉，认真地答道："不，那是长出树来的。"

"可是你又拔了它！"

"它不长，长了也会给你砍去的。"她说，她用眼怀疑地盯住我，同时向我顿顿头，表示着抗议，"现在我种鹅毛了，让它笔直地长上去，长上去，长得天那般高，那时，你就砍不着它了。"

自然，鹅毛是不会在泥里生长起来的，大概再过几天，它们又会像对付柴爿一样，被丢过一边的。然而这个意念是好的，我想不辜负她孩子天真的幻想，当植树节来临的当口，去买几株最容易长大的杨柳，将砍去的树木，重新补种起来。仍使月夜，有点参差的树影可看，有几只小鸟来树上啁啾，而孩子们也仍得在树下玩儿，而那躲在墙边的一棵法国梧桐，也可多几个伴。

猫

//

夏丏尊

　　白马湖新居落成,把家眷迁回故乡的后数日,妹就携了四岁的外甥女,由二十里外的夫家雇船来访。自从母亲死后,兄弟们各依了职业迁居外方,故居初则赁与别家,继则因兄弟间种种关系,不得不把先人有过辛苦历史的高大屋宇,售让给附近的暴发户,于是兄弟们回故乡的机会就少,而妹也已有六七年无归宁的处所了。这次相见,彼此既快乐又酸辛,小孩之中,竟有未曾见过姑母的。外甥女也当然不认得舅妗和表姊,虽经大人指导勉强称呼,总都是呆呆地相觑着。

　　新居在一个学校附近,背山临水,地位清静,只不过平屋四间。论其构造,连老屋的厨房还比不上,妹却极口表示满意:"虽比不上老屋,总究是自己的房子,我家在本地已有许多年没有房子了!自从老屋卖去以后,我多少被人瞧不起!每次乘船行过老屋的面前,真是……"

　　妻见妹说时眼圈有点红了,就忙用话岔开:"妹妹你看,我老了许多了罢?你却总是这样后生。"

第四章　允许自己虚度时光

"三姊倒不老！——人总是要老的，大家小孩都已这样大了，他们大起来，就是我们在老起来。我们已六七年不见了呢。"

"快弄饭去罢！"我听了他们的对话，恐再牵入悲境，故意打断话头，使妻走开。

妹自幼从我学会了酒，能略饮几杯。兄妹且饮且谈，嫂也在旁羼着。话题由此及彼，一直谈到饭后，还连续不断。每到妹和妻要谈到家事或婆媳小姑关系上去，我总立即设法打断，因为我是深知道妹在夫家的境遇的，很不愿在难得晤面的当初，就引起悲怀。

忽然，天花板上起了嘈杂的鼠声。

"新造的房子，老鼠就这样多了吗？"妹惊讶了问。

"大概是近山的缘故罢。据说房子未造好就有了老鼠的。晚上更厉害，今夜你听，好像在打仗哩，你们那里怎样？"妻说。

"还好，我家有猫。——快要产小猫了，将来可捉一只来。"

"猫也大有好坏，坏的猫老鼠不捕，反要偷食，到处撒屎，还是不养好。"我正在寻觅轻松的话题，就顺了势讲到猫上去。

"猫也和人一样，有种子好不好的，我那里的猫，是好种，不偷食，每朝把屎撒在盛灰的畚斗里。——你记得从前老四房里有一只好猫罢。我们那只猫，就是从老四房讨去的小猫。近来听说老四房里已断了种了——每年生一胎，附近养蚕的人家都来千求万恳地讨，据说讨去都不淘气的。现在又快要生小猫了。"

老四房里的那只猫向来有名。最初的老猫，是曾祖在时，就有了的。不知是那里得来的种子，白地，小黄黑花斑，毛色很嫩，望去像上等的狐皮"金银嵌"。善捉鼠，性质却柔驯得了不得，当我小的时候，常去抱来玩弄，听它念肚里佛，挖看它的眼睛，不啻是一个小伴侣。后来我由外面回家，每走到老四房去，有时还看见这小伴侣——的子孙。曾也想讨一只小猫到家里去养，终难得逢到恰好有小猫的机会，自迁居他乡，十年来久不忆及了。不料现在种子未绝，妹家现在所养的，不知已是最初老猫的几世孙了。家道中落以来，田产室庐大半荡尽，而曾祖时代的猫，尚间接地在妹家留着种子，这真是一种不可思议的缘，值得叫人无限感兴的了。

"哦！就是那只猫的种子！好的，将来就给我们一只。那只猫的种子是近地有名的。花纹还没有变吗？"

"你欢喜那一种？——大约一胎多则三只，少则两只，其中大概有一只是金银嵌的，有一二只是白中带黑斑的，每年都是如此。"

"那自然要金银嵌的啰。"我脑中不禁浮出孩时小伴侣的印象来。更联想到那如云的往事，为之茫然。

妻和妹之间，猫的谈话，仍被继续着，儿女中大些的张了眼听，最小的阿满，摇着妻的膝问"小猫几时会来？"

我也靠在藤椅子上吸着烟默然听她们。

"小猫的时候，要教它会才好。如果撒屎在地板上了，就捉到撒屎的地方，当着它的屎打，到碗中偷食吃的时候，就把碗摆在它的前面打，这样打了几次，它就不敢乱撒屎多偷食了。"

妹的猫教育论，引得大家都笑了。

次晨，妹说即须回去，约定过几天再来久留几日，临走的时候还说：

第四章　允许自己虚度时光

"昨晚上老鼠真吵得厉害，下次来时，替你们把猫捉来罢。"

妹去后，全家多了一个猫的话题。最性急的自然是小孩，他们常问"姑妈几时来？"其实都是为猫而问，我虽每回答他们"自然会来的，性急什么？"而心里也对于那与我家一系有二十多年历史的猫，怀着迫切的期待，巴不得妹——猫快来。

妹的第二次来，在一个月以后，带来的只是赠送小孩的果物和若干种的花草苗种，并没有猫。说前几天才出生，要一月后方可离母，此次生了三只，一只是金银嵌的，其余两只，是黑白花和狸斑花的，讨的人家很多，已替我们把金银嵌的留定了。

猫的被送来，已是妹第二次回去后半月光景的事，那时已过端午，我从学校回去，一进门，妻就和我说："妹妹今天差人把猫送来了，她有一封信在这里。说从回去以后就有些不适。大约是寒热，不要紧的。"

我从妻手里接了信草草一看，同时就向室中四望：

"猫呢？"

"她们在弄它。阿吉阿满，你们把猫抱来给爸爸看！"

立刻，柔弱的"尼亚尼亚"声从房中听得阿满抱出猫来："会念佛的，一到就蹲在床下，妈说它是新娘子呢。"

我在女儿手中把小猫熟视着说："还小呢，别去捉它，放在地上，过几天会熟的。当心碰见狗！"

阿满将猫放下。猫把背一耸就跟跄地向房里遁去。接着就从房内发出柔弱的"尼亚尼亚"的叫声。

"去看看它躲在什么地方。"阿吉和阿满蹑了脚进房去。

"不要去捉它啊！"妻从后叮嘱她们。

猫确是金银嵌，虽然产毛未褪，黄白还未十分夺目，尽足依约地唤起从前老四房里小伴侣的印象。"尼亚尼亚"的叫声，和"咪咪"的呼唤声，在一家中起了新气分，在我心中却成了一个联想过去的媒介，想到儿时的趣味，想到家况未中落时的光景。

与猫同来的，总以为不成问题的妹的病消息，一二日后竟由沉重而至于危笃，终于因恶性疟疾引起了流产，遗下未足月的女孩而弃去这世界了。

一家人参与丧事完毕从丧家回来，一进门就听到"尼亚尼亚"的猫声。

"这猫真不利，它是首先来报妹妹的死信的！"妻见了猫叹息着说。

猫正在檐前伸了小足爬搔着柱子，突然见我们来，就跟跄逃去，阿满赶到厨下把它捉来了，捧在手里："你还要逃，都是你不好！妈！快打！"

"畜生晓得什么？唉，真不利！"妻呆呆地望着猫这样说，忘记了自己的矛盾，倒弄得阿满把猫捧在手里瞪目茫然了。

"把它关在伙食间里，别放它出来！"我一壁说一壁懒懒地走入卧室睡去。我实在已怕看这猫了。

立时从伙食间里发出"尼亚尼亚"的悲鸣声和嘈杂的搔爬声来。努力想睡，总是睡不着。原想起来把猫重新放出，终于无心动弹，连向那就在房外的妻女叫一声"把猫放出"的心绪也没有，只让自己听着那连续的猫声，一味沉浸在悲哀里。

从此以后，这小小的猫，在全家成了一个联想死者的媒介，特别地

第四章　允许自己虚度时光

在我，这猫所暗示的新的悲哀的创伤，是用了家道中落等类的怅惘包裹着的。

伤逝的悲怀，随着暑气一天一天地淡去，猫也一天一天地长大，从前被全家所诅咒的这不幸的猫，这时渐被全家宠爱珍惜起来了，当作了死者的纪念物。每餐给它吃鱼，归阿满饲它，晚上抱进房里，防恐被人偷了或是被野狗咬伤。

白玉也似的毛地上，黄黑斑错落得非常明显，当那蹲在草地上或跳掷在凤仙花丛里的时候，望去真是美丽。每当附近四邻或路过的人，见了称赞说"好猫！"的时候，妻脸上就现出一种莫可言说的矜夸，好像是养着一个好儿子或是好女儿。特别地是阿满：

"这是我家的猫，是姑母送来的，姑母死了，只剩了这只猫了！"她当有人来称赞猫的时候，不管那人陌生与不陌生，总会睁圆了眼起劲地对他说明这些。

猫做了一家的宠儿了，每餐食桌旁总有它的位置，偶然偷了食或是乱撒了屎，虽然依妹的教育法是要就地罚打的，妻也总看妹面上宽恕过去。阿吉阿满一从学校里回来就用了带子逗它玩，或是捉迷藏似的在庭间追赶它，我也常于初秋的夕阳中坐在檐下，对这跳掷着的小动物作种种的遐想。

那是快近中秋的一个晚上的事：湖上邻居的几位朋友，晚饭后散步到了我家里，大家在月下闲话，阿满和猫在草地上追逐着玩。客去后，我和妻搬进几椅正要关门就寝，妻照例记起猫来：

"咪咪！"

"咪咪！"阿吉阿满也跟着唤。

可是却不听到猫的"尼亚尼亚"的回答。

"没有呢！哪里去了？阿满，不是你捉出来的吗？去寻来！"妻着急起来了。

"刚刚在天井里的。"阿满瞠了眼含糊地回答，一壁哭了起来。

"还哭！都是你不好！夜了还捉出来做什么呢？——咪咪，咪咪！"妻一壁责骂阿满一壁嘎了声再唤。

"咪咪，咪咪！"我也不禁附和着唤。

可是仍不听到猫的"尼亚尼亚"的回答。

叫小孩睡好了，重新找寻，室内室外，东邻西舍，到处分头都寻遍，哪有猫的影儿？连方才谈天的几位朋友都过来帮着在月光下寻觅，也终于不见形影。一直闹到十二点多钟。月亮已照屋角为止。

"夜深了，把窗门暂时开着，等它自己回来罢，——偷是没有人偷的，或者被狗咬死了，但又不听见它叫。也许不至于此，今夜且让它去罢。"我宽慰着妻，关了大门，先入卧室去。在枕上还听到妻的"咪咪"的呼声。

猫终于不回来。从次日起，一家好像失了什么似的，都觉到说不出的寂寥。小孩从放学回来也不如平日的高兴，特别地在我，于妻女所感得的以外，顿然失却了沉思过去种种悲欢往事的媒介物，觉得寂寥更甚。

第三日傍晚，我因寂寥不过了，独自在屋后山边散步，忽然在山脚田坑中发现猫的尸体。全身黏着水泥，软软地倒在坑里，毛贴着肉，身躯细了好些，项有血迹，似确是被狗或野兽咬毙了的。

"猫在这里！"我不觉自叫了说。

"在哪里？"妻和女孩先后跑来，见了猫都呆呆地几乎一时说不出话。

"可怜！一定是野狗咬死的。阿满，都是你不好！前晚你不捉它出来，哪里会死呢？下世去要成冤家啊！——唉！妹妹死了。连妹妹给我们的猫也死了。"妻说时声音呜咽了。

阿满哭了，阿吉也待着不动。

"进去罢，死了也就算了，人都要死哩，别说猫！快叫人来把它葬了。"我催她们离开。

妻和女孩进去了。我向猫作了最后的一瞥，在昏黄中独自徘徊。日来已失了联想媒介的无数往事，都回光返照似的一时强烈地齐现到心上来。

黄昏的观前街

郑振铎

我刚从某一个大都市归来。那一个大都市，说得漂亮些，是乡村的气息较多于城市的。它比城市多了些乡野的荒凉况味，比乡村却又少了些质朴自然的风趣。疏疏的几簇住宅，到处是绿油油的菜圃，是蓬蒿[①]没膝的废园，是池塘半绕的空场，是已生了荒草的瓦砾堆。晚间更是凄凉。太阳刚刚西下，街上的行人便已"寥若晨星"。在街灯如豆的黄光之下，踽踽地独行着，瘦影显得更长了，足音也格外的寂寥。远处野犬，如豹地狂吠着。黑衣的警察，幽灵似的扶枪立着。在前面的重要区域里，仿佛有"站住！""口号！"的呼叱声。我假如是喜欢都市生活的话，我真不会喜欢到这个地方；我假如是喜欢乡间生活的话，我也不会喜欢到这个所在。我的天！还是趁早走了吧。（不仅是"浩然"，简直是"凛然有归志"了！）

归程经过苏州，想要下去，终于因为舍不得抛弃了车票上的未用尽

[①] 飞蓬和蒿子，借指草野。

第四章　允许自己虚度时光

的一段路资，蹉跎地被火车带过去了。归后不到二天，长个子的樊与矮而美鬒的孙，却又拖了我逛苏州去。早知道有这一趟走，还不中途而下，来得便利么？

我的太太是最厌恶苏州的，她说，舒舒服服地坐在车上，走不几步，却又要下车过桥了。我也未见得十分喜欢苏州：一来，是走了几趟都买不到什么好书；二来，是住在阊门外，太像上海，而又没有上海的繁华。但这一次，我因为要换换花样，却拖他们住到城里去。不料，竟因此而得到了一次永远不曾领略到的苏州景色。

我们跑了几家书铺，天色已经渐渐地黑下来了。樊说："我们找一个地方吃饭吧。"饭馆里是那么样的拥挤，走了两三家，才得到了一张空桌。街上已上了灯。楼窗的外面，行人也是那么样的拥挤。没有一盏灯光不照到几堆子人的，影子也不落在地上，而落在人的身上。我不禁想起了某一个大城市的荒凉情景，说道："这才可算是一个都市！"

这条街是苏州城繁华的中心的观前街。玄妙观是到过苏州的人没有一个不熟悉的；那么粗俗的一个所在，未必有胜于北平的隆福寺，南京的夫子庙，扬州的教场。观前街也是一条到过苏州的人没有一个不曾经过的；那么狭小的一道街，三个人并列走着，便可以不让旁的人走，再加之以没头苍蝇似的乱攒而前的人力车，或箩或桶的一担担的水与蔬菜，混合成了一个道地的中国式的小城市的拥挤与纷乱无秩序的情形。

然而，这一个黄昏时候的观前街，却与白昼大殊。我们在这条街上舒适地散着步，男人、女人、小孩子、老年人，摩肩接踵而过，却不喧哗，也不推拥；我所得的苏州印象，这一次可说是最好。——从前不曾

好爱这个世界啊

于黄昏时候在观前街散步过。半里多长的一条古式的石板街道，半部车子也没有，你可以安安稳稳地在街心踱方步。灯光耀耀煌煌的，铜的、布的、黑漆金字的市招，密簇簇地排列在你的头上，一举手便可触到了几块。茶食店里的玻璃匣，亮晶晶地在繁灯之下发光，照得匣内的茶食通明地映入行人眼里，似欲伸手招致他们去买几色苏制的糖食带回去。野味店的山鸡、野兔，已烹制的，或尚带着皮毛的，都一串一挂地悬在你的眼前——就在你的眼前，那香味直扑到你的鼻上。你在那里，走着，走着，你如走在一所游艺园中。你如在暮春三月，迎神赛会的当儿，挤在人群里，跟着他们跑，兴奋而感到浓趣。你如在你的少小时，大人们在做寿，或娶亲，地上铺着花毯，天上张着锦幔，长随打杂老妈丫头，客人的孩子们，全都穿戴着崭新的衣帽，穿梭似的进进出出，而你在其间，随意地玩耍，随意地奔跑。你白天觉得这条街狭小，在这时，你才觉这条街狭小得妙。她将你紧压住了，如夜间将自己的手放在心头，做了很刺激的梦；她将你紧紧地拥抱住了，如一个爱人身体的热情的拥抱；她将所有的宝藏，所有的繁华，所有的可引动人的东西，都陈列在你的面前，即在你的眼下，相去不到二尺左右，而别用一种黄昏的灯纱笼罩了起来，使他们更显得隐约而动情，如一位对窗里面的美人，如一位躲于绿帘后的少女。她假如也像别的都市巷道那样的开朗阔大，那么，便将永远感不到这种亲切的繁华的况味，你便将永远受不到这种紧紧地轧压于你的全身，你的全心的燠暖而温馥的情趣了。你平常觉得这条街闲人太多，过于拥挤，在这时，却正显得人多的好处。你看人，人也看你；你的左边是一位时装的小姐，你的右边是几位随了丈夫、父亲上城的乡

第四章　允许自己虚度时光

姑,你的前面是一二位步履维艰的道地的苏州老,一二位尖帽薄履的苏式少年。你偶然回过头来,你的眼光却正碰在一位容光射人、衣饰过丽的少奶奶的身上。你的团团转转都是人,都是无关系的无关心的最驯良的人;你可以舒舒适适地踱着方步,一点也不用担心什么。这里没有乘机的偷盗,没有诱人入魔窟的"指导者",也没有什么电掣风驰、左冲右撞的一切车子。每一个人都是那么安闲地散步着,川流不息地在走,肩摩踵接地在走;他们永不会猛撞你身上而过。他们是走得那么安闲,那么小心。你假如偶然过于大意地撞了人,或踏了人的足——那是极不经见的事!他们抬眼望了你,你对他们点点头,表示歉意,也就算了。大家都感到一种的亲切,一种的无损害,一种的无忧无虑的生活;大家都似躲在一个乐园中,在明月之下,绿林之间,悠闲地微步着,忘记了园外的一切。

那么鳞鳞比比的店房,那么密密接接的市招,那么耀耀煌煌的灯光,那么狭狭小小的街道,竟使你抬起头来,看不见明月,看不见星光,看不见一丝一毫的黑暗的夜天。她使你不知道黑暗,她使你忘记了这是夜间。啊,这样的一个"不夜之城"!

"不夜之城"的巴黎,"不夜之城"的伦敦,你如果要看,你且去歌剧院左近走着,你且去辟加德莱圈散步,准保你不会有一刻半秒的安逸;你得时时刻刻地担心,时时刻刻地提防着,大都市的灾害,是那么多。每个人都是匆匆地,走灯似的向前走,你也得匆匆地走;每个人都是紧张着,矜持着,你也自然地会紧张着,矜持着。你假如走惯了黄昏时候的观前街,你在那里准得是吃大苦头,除非你已将老脾气改得一干二净。

你假如为店铺的窗中的陈列品所迷住了，譬如说，你要站住了仔仔细细地看一下，你准得要和后面的人猛碰一下，他必定要诧异地望了望你。虽然他嘴里说的是"对不起"，你也得说"对不起"，然而你也饱受了他眼光的奚落。你如走到了歌剧院的阶前，你如走到了那尔逊的像下，你将见斗大的一个个市招或广告牌，闪闪在放光；一片的灯光，映射得半个天空红红的。然而那里却是如此的开朗敞阔，建筑物又是那么的宏伟，人虽拥挤，却是那样的藐小可怜，Taxi（出租车）和 Bus（公共汽车）也如小甲蚁似的，在一连串地走着。大半个天空是黑漆漆的，几颗星在冷冷地着眼看人。大都市的繁华，终敌不住黑夜的侵袭。你在那里，立了一会，只要一会，你便将完全地领受到夜的凄凉了。像观前街那样的燠暖温馥之感，你是永远得不到的。你在那里，是孤零的，是寂寞的，算不定会有什么飞灾横祸光临到你身上，假如你要一个不小心。像在观前街的那么舒适无虑的亲切的感觉，你也是永远不会得到的。

有观前街的燠暖温馥与亲切之感的大都市，我只见到了一个威尼斯，即在的圣马可广场的左近。那里也是充满了闲人，充满了紧压在你身上的燠暖的情趣的；街道也是那么狭小，也许更要狭；行人也是那么拥挤，也许更要拥挤；灯光也是那么辉辉煌煌的，也许更要辉煌。有人口口声声地称呼苏州为东方的威尼斯；别的地方，我看不出，别的时候，我看不出，在黄昏时候的观前街，我却深切地感到了。——虽然观前街少了那么弘丽的圣马可广场，少了那么轻妙的此奏彼息的乐队。

1932 年

灯

// 陆蠡

　　院子里的鸡缩头缩脑地踱进埘里去了，檐头喊喊喳喳的麻雀都钻进瓦缝里，从无人扫除的空楼的角落，飞出三三两两的蝙蝠，在院宇的天空中翻飞。蝙蝠可说是夜和黑暗的先驱，它的黑色带钩的肉翅，好像在牵开夜的帷幕，这样静悄悄的，神秘的。

　　这时候，这家里的年轻的媳妇，从积满尘垢的碗碟厨的顶上拿下一个长嘴的油壶，壶里面装着点灯的油。她一手拿壶，一手拿灯，跑到天井跟前——那里还有暗蒙的微光——把油注在灯瓢里面。她注了一点，停一停把灯举得和眼睛相平，向光亮处照一照，看看满了没有，拿下来再加一点油，复拿起照了照，又加上一点，等到灯里的油八分满的样子，等到油面和瓢缘相差二分的样子，才住了手。一边把油壶放还原处，一边顺手在一只破灯笼壳里抽了两条灯芯，把它浸在油里，让灯芯的一端露在瓢外二分长短，而另一端则像两道白色的尾巴翘着。

　　少妇把灯放在灶突上。这是灶间的中心点。不论从哪一方量来，前后也好，左右也好，上下也好，都是等距离。她从来没有想到这所在是室内的正中心，只觉得放在这里很好，便放在这里了。她每次这样做，月月如此，年年如此，毫不以为异。

少妇没有伸手点灯，只是在灶门口坐下。灶里还有余火，吐着并不逼人的暖气。锅里的饭菜熟了，满室散着饭香。她把孩子拖到身边来，脸偎着他，若有所待地等着。等着谁呢？不，她只是等天黑，伸手不见五指的天黑。她要等天黑尽时方才举火点灯。她知道就是一滴的灯油也是不能浪费的。

我先来介绍这灯罢。这是一盏古式的青油灯，和现在都市里所见的是大不相同了。我怀疑我的叙述在人们听来是否有点兴趣，我怀疑我的介绍是否不必要的多余，并且能否描写得相像。说到这里我便想到绘画的长处，简单的几笔勾撇，便能代表出一个完美的形廓，而我则是拙于画笔者。这灯在乡间仍被普遍地用着。"千闻不如一见"，假如你有机会到我们偏僻的地方来时，便会知道这是怎样的一个形状了。

灯的全体可以分成两部分：一部是灯瓢；那是铁铸的像掏子或勺子的东西，直径四寸左右。乡间叫作"灯碟"，因为形状如盏碟，而它的功用在于盛油，如同碟子盛油一样。碟的边缘上有一个短柄，这是拿手的地方。这碟子是铁铸的。我曾想过假如换上了海螺的壳，或是用透明的玻璃，岂不是更美丽吗？不，铁铸便有铁铸的理由：盛油的家伙是极易粘上灰尘的，每隔四天五天，碟缘上便结了一圈厚腻黝黑的东西了，那时你用纸去擦么？这当然是费手脚的事。所以当初灯的设计者，用生铁铸成灯碟，脏了，只要把油倾去，用铁钳把碟子钳住，放在灶火里去烧

第四章　允许自己虚度时光

一阵，烧得通红，拿出来放在水钵里一浸，"嘶……"地冷却之后，便焕然一新，如同刚买来的一样。这样，一个灯碟可以用得很久——烧着浸着，生铁是烧得坏的么？你想——"旧的东西都经久耐用。"这便是简朴的乡民一切都欢喜旧的理由。

灯的另一部分是灯台、一个座子。在这儿，装饰的意味是有重于实用了。座台的华丽简朴随灯而异。普通的形式是上下两个盘，中间连接着一根圆柱。底盘重些大些，上盘便是承灯瓢的座垫，柱子则是握手的地方。灯座有磁制的，也许有铜铸的，而我在这里所描写的则是锡的。在灰白的金属表面镶嵌着紫铜的花纹，图案非常古老。其中有束发梳髻宽衣博袖的老头，有鸟，也有花和草，好像汉代石室中壁画的人物。这工作倒是非凡精细的，大概是从前一个偏爱的母亲，在女儿出嫁的前几年，雇了大批的木匠漆匠铜匠锡匠，成年成月地做着打着，不计工资而务求制品之精巧，这灯擎便在许多的锡器中间被打成了。这些事在我们后辈当然无从知道。我只知道这座灯擎是这家的祖母随嫁带来的。是否这祖母的母亲替她的女儿打造的呢？那又不得而知。也许还是这祖母的母亲的嫁奁。在乡间，有多少的器皿都保留着非常古远的记忆。这儿，数百年间不曾经过刀兵，也没有奇荒奇旱，使居民转徙流亡，所以这儿留存着不少先民的手泽，甚至于极微小的祭器或日用的东西。有一次，一位远房的伯父随手翻起一支锡制的烛台，底面写着一行墨笔字，"雍正七年监制"，屈指一算！——历朝皇帝的年号和在位的久暂，他们都很熟悉的——该是二百年了。而仍是完好地被用着，被随便地放在随便的角落，永久不会遗失。话说得远了，刚才我说这灯擎是祖母随嫁带来这家里的。后来这祖母的女儿长大了,这灯擎复随嫁到另一姓。那里女儿又生了女儿,女儿长大之后,又嫁给祖母的孙孙,灯擎复随嫁回到这祖母的屋子里来。这样表姊妹的婚姻永远循环继续着,"亲上加亲又是亲上加亲的",照着他们的说法。所以几件过时的衣服,古旧的器皿,便永远被穿了新衣服抬嫁妆吃喜酒的不同时代的姻亲叔伯,永远地在路上抬来抬去,仍旧抬回自己的老家。我真想说山乡的宇宙是只有时间而没有空间的。这看来很可笑么?我倒很少要笑的意思,除开某种的立场,我是赞成这种婚姻的。你想,一位甥女嫁到外婆的家,一切都熟识,了解,谐和,还有什么更好的么?

不用说,坐在灶前的媳妇,便是祖母女儿的女儿了。她来这家里很幸福,大家都爱她,丈夫在外埠做工,在一定的时候回来,从来没有爽约。膝前的孩子则已经四岁了。翁姑——她的舅父舅母——都还健在。

天黑了,伸手不见五指的黑。她推开孩子,拿一片木屑在尚未尽熄的灶火中点着,再拿到灯边点起来。蓦然一间室都光明了。"一粒谷,撒开满堂屋。我给你猜个谜儿,你猜不猜?""灯,灯,"连说话未娴熟的四岁的孩子,都会猜谜儿了。且说灯点着了,这灯光是这样地安定,这样地白而带青,这样地有精神,使这媳妇微笑了。"太阳初上满山红,满油灯盏统间亮,"她在心头哼着儿时的山歌。她,正如初上的太阳,前面照着旭红的希望;她,正如满油的灯,光亮的,精神饱满的,坚定的,照着整个房间,照着她的孩子。所以她每次加油的时候,总要加得满满的,因为这满油的灯正是她的象征。

第四章　允许自己虚度时光

灯光微微地闪了。这家的舅父和舅母走进灶间来，在名分上他们是翁婆。可是她沿着习惯叫。这多亲热的名词。到了年岁大的时候要改口叫声"婆婆"，多么不好意思！而她避免了这一层了。她真想撒娇向他们要这要那呢！可惜已成了孩子的母亲。她看见他们进来了。她揭开锅盖，端出菜和饭。热喷喷的蒸气使灯光颤了几颤。她的舅父说："一起吃了便好。"而她总是回答，"你先吃，"她真是懂得如何尊敬长辈的。每逢别人看到这样体贴的招呼，总要说一声，"一团和气哪。"

饭吃半顿的样子。"剥剥剥，"有人敲门了。舅母坐在门边，顺手一开。头也不用回便说："二伯伯请坐。"二伯伯便在门槛坐下，开始从怀中掏出烟包，掏出一撮烟用两指搓成小球，放在烟管上。

"剥剥剥，"又敲门了，这是林伯伯。他们俩不用打招呼，便一个先一个后。从来不会有迟早。他们夜饭早吃过了。他们总在天未黑的时候吃的，吃过之后，站在门口望着天黑，然后到这家里来闲谈。有时这家里的媳妇招呼他们一声说"吃过么？"二伯伯便老爱开玩笑地说："老早，等到今天！"他的意思说，"我早就吃过了，我昨天便吃过了。"

二伯伯和林伯伯在一起，话便多了。他们各人把自己的烟管装满，拿到灯火上面燃点，"丝丝……"地抽着。

他们谈到村前，谈到屋后，谈到街头，谈到巷尾。真不知他们从哪里得到许多消息，好像是专在打听这人间琐事，像义务的新闻访员。

第一筒烟吸完了，又装上了第二筒。二伯伯口里衔着烟嘴，一边说话，一边把烟管放在灯花上点火，手一偏险些儿把灯火弄熄了。他的谈话便不知不觉地转到灯上来。

"我有一次到城里去。他们点的都是洋灯,青油灯简直看不到。他们点的是洋油,穿的是洋布,用的是洋货,叫人看得不服眼。"

"他们作兴点洋油,那有什么好处。洋油哪里比得上青油!——这屋子里点的是青油——洋油又臭,又生烟,价钱又贵,风一吹便熄,灯光也有点带黄。青油呢,灯花白没臭气,又不怕风,油渣还可以做肥料。洋油的油渣可以作肥料么?"

"是啊!我说城里人不懂得青油的好处。譬如说,我们一家有两三株乌桕树,每年你不用耕锄,不用施肥,可以采几石桕子,拿到油坊里去,白的外层剥下来制蜡烛,黑的芯子可以榨青油,桕子的壳烧火。这些都是天的安排,城里人哪里懂得。"

第二筒烟又完了。现在放到灯上是第三筒,林伯伯忽然指着浸在池里的灯芯,说:

"灯芯只要点上一根便够了。两根多花一倍油。"

"因为伯伯们在这儿,点得亮点,给伯伯点烟。"媳妇说。

"讨扰讨扰。"

谈话又移到灯芯上面。二伯伯和林伯伯谈着灯芯是怎模样的长在水边的一种草,便是编席子的草。灯芯还可以做药。又说有一种面,很脆很软,像灯芯大小,叫做灯芯面。

"蟹无血,灯芯无灰,这怎么讲?"媳妇插进一句。这时舅父们早已放下筷子。她在替孩子添菜,催他快吃。

"你看到蟹有血没有?你知道灯芯灰是怎样出典的么?"

二伯伯一面装烟一面讲:

第四章　允许自己虚度时光

"从前有一个少爷，父亲是做过大官的——什么官，六品官。（他以为品级越多，官越大。）做官的人家是有钱的，金子，银子，珍珠宝贝，数也数不清……却说这位少爷在十六七岁的年头病了，非常厉害的病症。你知道他生的是什么病，做官的人家还会缺少什么，有什么不如意的么？原来他只怀着一桩心事，就是愁着父亲留给他这许多钱怎样用得了，这时候他的父亲已经死了，只有这孩子的母亲。他是独养子，所以爱惜得是不消说的。真的倘使这孩子说要天边的月，他母亲便会毫不迟疑地雇工造个长梯子，派人去摘下来的。可是孩子并没有想摘月亮，他只愁着钱用不了。

"孩子病着愁着，脸孔黄起来。母亲的担忧也确实不少。她求神许愿，都没有效果，看看一天黄瘦似一天了。

"忽然，有一天，这位宝宝高兴起来，喊他的妈妈说，'妈妈，我要吃一只鹌鹑。'

"他的妈妈欢喜得不得了，忙说，'这容易办，这容易办，叫人立刻预备……'

"'不过。'孩子说，'妈妈，我的鹌鹑要放在石臼里炖，上面盖着石盖石臼，底下要用灯芯来烧，别种烧法我可不爱。'

"痴心的母亲吩咐照做了。她盼望会有奇迹似的石臼里的小鸟突然炖熟了，她便可以拿去给她的儿子，吃了之后，病便会好。

"于是大批的金子银子拿去购买灯芯，灯芯涨价了，连家用点灯的灯芯都被收买了去，整车整船的灯芯运到显宦的府邸，都烧在石臼底下，奇怪，烧了几许的灯芯竟没有一撮灰……"

"这鹌鹑炖熟了吗？"媳妇问。

"你想烧得熟吗？"

"孩子后来怎么样？"

"你想他后来怎样？"

大家没有说话。这故事流传在乡间，也不知几十百年，不知经过多少的口，入了多少人的耳。所以这故事完后一点也不见得紧张。媳妇在这时正洗着锅子。不一会灶头抹净了，舀一盆热水洗手，又把快要睡去的孩子擦了一把脸，解下腰上的围裙，拿一根竹签剔一剔灯花。

伯伯们都告辞了。他们还要到别家去闲谈，把说过的话重说一遍。

媳妇一手提了灯，一手牵了孩子，施施然向自己的卧室走去。

晨 梦

丰子恺

我常常在梦中晓得自己做梦。晨间,将醒未醒的时候,这种情形最多,这不是我一人独有的奇癖,讲出来常常有人表示同感。

近来我尤多经验这种情形:我妻到故乡去作长期的归宁,把两个小孩子留剩在这里,交托我管。我每晚要同他们一同睡觉。他们先睡,九点钟定静,我开始读书,作文,往往过了半夜,才钻进他们的被窝里。天一亮,小孩子就醒,像鸟儿地在我耳边喧聒,又不绝地催我起身。然这时候我正在晨梦,一面隐隐地听见他们的喧聒,一面作梦中的遨游。他们叫我不醒,将嘴巴合在我的耳朵上,大声疾呼"爸爸!起身了!"立刻把我从梦境里拉出。有时我的梦正达于兴味的高潮,或还没有告段落,就回他们话,叫他们再唱一曲歌,让我睡一歇,连忙蒙上被头,继续进行我的梦游。这的确会继续进行,甚且打断两三次也不妨。不过那时候的情形很奇特:一面寻找梦的头绪,继续演进,一面又能隐隐地听见他们的唱歌声的断片。即一面在热心地做梦中的事,一面又知道这是虚幻的梦。有梦游的假我，同时又有伴小孩子睡着的真我。

但到了孩子大哭，或梦完结了的时候，我也就毅然地起身了。披衣下床，"今日有何要务"的真我的正念凝集心头的时候，梦中的妄念立刻被排出意外，谁还留恋或计较呢？

"人生如梦"，这话是古人所早已道破的，又是一切人所痛感而承认的。那么我们的人生，都是——同我的晨梦一样——在梦中晓得自己做梦的了。这念头一起，疑惑与悲哀的感情就支配了我的全体，使我终于无可自解，无可自慰。往往没有穷究的勇气，就把它暂搁在一旁，得过且过地过几天再说。这想来也不是我一人的私见，讲出来一定有许多人表示同感吧！

因为这是众目昭彰的一件事：无穷大的宇宙间的七尺之躯，与无穷久的浩劫中的数十年，而能上穷星界的秘密，下探大地的宝藏，建设诗歌的美丽的国土，开拓哲学的神秘的境地。然而一到这脆弱的躯壳损坏而朽腐的时候，这伟大的心灵就一去无迹，永远没有这回事了。这个"我"的儿时的欢笑，青年的憧憬，中年的哀乐，名誉，财产，恋爱……在当时何等认真，何等郑重；然而到了那一天，全没有"我"的一回事了！哀哉，"人生如梦！"

然而回看人世，又觉得非常诧异：在我们以前，"人生"已被反复了数千万遍，都像昙花泡影地倏现倏灭。大家一面明明知道自己也是如此，一面却又置若不知，毫不怀疑地热心做人。——做官的热心办公，做兵的热心体操，做商的热心算盘，做教师的热心上课，做车夫的热心拉车，做厨房的热心烧饭……还有做学生的热心求知识，以预备做人，——这明明是自杀，慢性的自杀！

这便是为了人生的饱暖的愉快，恋爱的甘美，结婚的幸福，爵禄富厚的荣耀，把我们骗住，致使我们无暇回想，流连忘返，得过且过，提不起穷究人生的根本的勇气，糊涂到死。

"人生如梦！"不要把这句话当作文学上的装饰的丽句！这是当头的棒喝！古人所道破，我们所痛感而承认的。我们的人生的大梦，确是——同我的晨梦一样——在梦中晓得自己做梦的。我们一面在热心地做梦中的事，一面又知道这是虚幻的梦。我们有梦中的假我，又有本来的"真我"。我们毅然起身，披衣下床，真我的正念凝集于心头的时候，梦中的妄念立刻被置之一笑，谁还留恋或计较呢？

同梦的朋友们！我们都有"真我"的，不要忘记了这个"真我"，而沉酣于虚幻的梦中！我们要在梦中晓得自己做梦，而常常找寻这个"真我"的所在。

1927 年 11 月 10 日

书

//

朱湘

拿起一本书来，先不必研究它的内容，只是它的外形，就已经很够我们的赏鉴了。

那眼睛看来最舒服的黄色毛边纸，单是纸色已经在我们的心目中引起一种幻觉，令我们以为这书是一个逃免了时间之摧残的遗民。它所以能幸免而来与我们相见的这段历史的本身，就已经是一本书，值得我们的思索、感叹，更不须提起它的内含的真或美了。

还有那一个个正方的形状，美丽的单字，每个字的构成，都是一首诗；每个字的沿革，都是一部历史。"飙"是三条狗的风：在秋高草枯的旷野上，天上是一片青，地上是一片赭，中疾的猎犬风一般快的驰过，嗅着受伤之兽在草中滴下的血腥，顺了方向追去，听到枯草飒索地响，有如秋风卷过去一般。"昏"是婚的古字：在太阳下了山，对面不见人的时候，有一群人骑着马，擎着红光闪闪的火把，悄悄向一个人家走近。等着到了竹篱柴门之旁的时候，在狗吠声中，趁着门还未闭，一声喊齐

第四章 允许自己虚度时光

拥而入，让新郎从打麦场上挟起惊呼的新娘打马而回。同来的人则抵挡着新娘的父兄，作个不打不成交的亲家。

印书的字体有许多种：宋体挺秀有如柳字，麻沙体夭矫有如欧字，书法体娟秀有如褚字，楷体端方有如颜字。楷体是最常见的了。这里面又分出许多不同的种类来：一种是通行的正方体；还有一种是窄长的楷体，棱角最显；一种是扁短的楷体，浑厚颇有古风。还有写的书：或全体楷体，或半楷体，它们不单看来有一种密切的感觉，并且有时有古代的写本，很足以考证今本的印误，以及文字的假借。

如果在你面前的是一本旧书，则开章第一篇你便将看见许多朱色的印章，有的是雅号，有的是姓名。在这些姓名别号之中，你说不定可以发现古代的收藏家或是名倾一世的文人，那时候你便可以让幻想驰骋于这朱红的方场之中，构成许多缥缈的空中楼阁来。还有那些朱圈，有的圈得豪放，有的圈得森严，你可以就它们的姿态，以及它们的位置，悬想出读这本书的人是一个少年，还是老人；是一个放荡不羁的才子，还是老成持重的儒者。你也能借此揣摩出这主人翁的命运：他的书何以流散到了人间？是子孙不肖，将它舍弃了？是遭兵逃反，被一班庸奴偷窃出了他的藏书楼？还是运气不好，家道中衰，自己将它售卖了，来填偿债务，或是支持家庭？书的旧主人是这样。我呢？我这书的今主人呢？他当时对春雕花的端砚，拿起新发的朱笔，在清淡的炉香气息中，圈点这本他心爱的书，那时候，他是决想不到这本书的未来命运，他自己的未来命运，是个怎样结局的；正如这现在读着这本书的我，不能知道我未来的命运将要如何一般。

好爱这个世界啊

更进一层，让我们来想象那作书人的命运：他的悲哀，他的失望，无一不自然地流露在这本书的字里行间。让我们读的时候，时而跟着他啼，时而为他扼腕太息。要是，不幸上再加上不幸，遇到秦始皇或是董卓，将他一生心血呕成的文章，一把火烧为乌有；或是像《金瓶梅》《红楼梦》《水浒》一般命运，被浅见者标作禁书，那更是多么可惜的事情呵！

天下事真是不如意的多。不讲别的，只说书这件东西，它是再与世无争也没有的了，也都要受这种厄运的摧残。至于那琉璃一般脆弱的美人，白鹤一般兀傲的文士，他们的遭忌更是不言可喻了。试想含意未伸的文人，他们在不得意时，有的樵采，有的放牛，不仅无异于庸人，并且备受家人或主子的轻蔑与凌辱；然而他们天生得性格倔强，世俗越对他白眼，他却越有精神。他们有的把柴挑在背后，拿书在手里读；有的骑在牛背上，将书挂在牛角上读；有的在蚊声如雷的夏夜，囊了萤照着书读；有的在寒风冻指的冬夜，拿了书映着雪读。然而时光是不等人的，等到他们学问已成的时候，眼光是早已花了，头发是早已白了，只是在他们的头额上新添加了一些深而长的皱纹。

咳！不如趁着眼睛还清朗，鬓发尚未成霜，多读一读"人生"这本书罢！

1934年9月5日

宴之趣

// 郑振铎

虽然是冬天，天气却并不怎么冷，雨点淅淅沥沥地滴个不已，灰色云是弥漫着；火炉的火是熄下了，在这样的秋天似的天气中，生了火炉未免是过于燠暖了。家里一个人也没有，他们都出外"应酬"去了。独自在这样的房里坐着，读书的兴趣也引不起，偶然地把早晨的日报翻着，翻着，看看它的广告，忽然想起去看 Merry Widow（《风流寡妇》）吧。于是独自地上了电车，到派克路跳下了。

在黑漆的影戏院中，乐队悠扬地奏着乐，白幕上的黑影，坐着，立着，追着，哭着，笑着，愁着，怒着，恋着，失望着，决斗着，那还不是那一套，他们写了又写，演了又演的那一套故事。

但至少，我是把一句话记住在心上了：

"有多少次，我是饿着肚子从晚餐席上跑开了。"

这是一句隽妙无比的名句；借来形容我们宴会无虚日的交际社会，真是很确切的。

好爱这个世界啊

每一个商人，每一个官僚，每一个略略交际广了些的人，差不多他们的每一个黄昏，都是消磨在酒楼菜馆之中的。有的时候，一个黄昏要赶着去赴三四处的宴会。这些忙碌的交际者真是妓女一样，在这里坐一坐，就走开了，又赶到另一个地方去了，在那一个地方又只略坐一坐，又赶到再一个地方去了。他们的肚子定是不会饱的，我想。有几个这样的交际者，当酒阑灯灺，应酬完毕之后，定是回到家中，叫底下人烧了稀饭来堆补空肠的。

我们在广漠繁华的上海，简直是一个村气十足的"乡下人"；我们住的是乡下，到"上海"去一趟是不容易的，我们过的是乡间的生活，一月中难得有几个黄昏是在"应酬"场中度过的。有许多人也许要说我们是"孤介"，那是很清高的一个名词。但我们实在不是如此，我们不过是不惯征逐于酒肉之场，始终保持着不大见世面的"乡下人"的色彩而已。

偶然的有几次，承一二个朋友的好意，邀请我们去赴宴。在座的至多只有三四个熟人，那一半生客，还要主人介绍或自己去请教尊姓大名，或交换名片，把应有的初见面的应酬的话讷讷地说完了之后，便默默地相对无言了。说的话都不是有着落，都不是从心里发出的；泛泛的，是几个声音，由喉咙头溜到口外的而已。过后自己想起那样的敷衍的对话，未免要为之失笑。如此的，说是一个黄昏在繁灯絮语之宴席上度过了，然而那是如何没有生趣的一个黄昏呀！

有几次，席上的生客太多了，除了主人之外没有一个是认识的；请教了姓名之后，也随即忘记了。除了和主人说几句话之外，简直无从和他们谈起。不晓得他们是什么行业，不晓得他们是什么性质的人，有话

第四章　允许自己虚度时光

在口头也不敢随意地高谈起来。那一席宴，真是如坐针毡；精美的羹菜，一碗碗地捧上来，也不知是什么味儿。终于忍不住了，只好向主人撒一个谎，说身体不大好过，或是说还有应酬，一定要去的。——如果在谣言很多的这几天当然是更好托词了，说我怕戒严提早，要被留在华界之外——虽然这是无礼貌的，不大应该的，虽然主人是照例地殷勤地留着，然而我却不顾一切地不得不走了。这个黄昏实在是太难挨得过去了！回到家里以后，买了一碗稀饭，即使只有一小盏萝卜干下稀饭，反而觉得舒畅，有意味。

如果有什么友人做喜事，或寿事，在某某花园，某某旅社的大厅里，大张旗鼓地宴客，不幸我们是被邀请了，更不幸我们是太熟的友人，不能不到，也不能道完了喜或拜完了寿，立刻就托词溜走的，于是这又是一个可怕的黄昏。常常地张大了两眼，在寻找熟人。好容易找到了，一定要紧紧地和他们挤在一起，不敢失散。到了坐席时，便至少有两三人在一块儿可以谈谈了，不至于一个人独自地局促在一群生面孔的人当中，惶恐而且空虚。当我们两三个人在津津地谈着自己的事时，偶然抬起眼来看着对面的一个坐客，他是凄然无侣地坐着；大家酒杯举了，他也举着；菜来了，一个人说："请，请。"同时把牙箸伸到盘边，他也说："请，请。"也同样的把牙箸伸出。除了吃菜之外，他没有目的，菜完了，他便局促地独坐着。我们见了他，总要代他难过，然而他终于能够终了席方才起身离座。

宴会之趣味如果仅是这样的，那么，我们将诅咒那第一个发明请客的人；喝酒的趣味如果仅是这样的，那么，我们也将打倒杜康与狄奥尼修士了。

然而又有的宴会却幸而并不是这样的；我们也还有别的可以引起喝酒的趣味的环境。

独酌，据说，那是很有意思的。我少时，常见祖父一个人执了一把锡的酒壶，把黄色的酒倒在白瓷小杯里，举了杯独酌着；喝了一小口，真正一小口，便放下了，又拿起筷子来夹菜。因此，他食得很慢，大家的饭碗和筷子都已放下了，且已离座了，而他却还在举着酒杯，不匆不忙地喝着。他的吃饭，尚在再一个半点钟之后呢。而他喝着酒，颜微酡着，常常叫道："孩子，来。"而我们便到了他的跟前。他夹了一块只有他独享着的菜蔬放在我们口中，问道："好吃吗？"我们往往以点点头答之。在孙男与孙女中，他特别的喜欢我，叫我前去的时候尤多。常常的，他把有了短髭的嘴吻着我的面颊，微微有些刺痛，而他的酒气从他的口鼻中直喷出来。这是使我很难受的。

这样的，他消磨过了一个中午和一个黄昏。天天都是如此。我没有享受过这样的乐趣，然而回想起来，似乎他那时是非常的高兴，他是陶醉着，为快乐的雾所围着，似乎他的沉重的忧郁都从心上移开了，这里便是他的全个世界，而全个世界也便是他的。

别一个宴之趣，是我们近几年所常常领略到的，那就是集合了好几个无所不谈的朋友，全座没有一个生面孔，在随意地喝着酒，吃着菜，上天下地地谈着。有时说着很轻妙的话，说着很可发笑的话，有时是如火如剑的激动的话，有时是深切的论学谈艺的话，有时是随意地取笑着，有时是面红耳热地争辩着，有时是高妙的理想在我们的谈锋上触着，有

第四章　允许自己虚度时光

时是恋爱的遇合与家庭的与个人的身世使我们谈个不休。每个人都把他的心胸赤裸裸地袒开了，每个人都把他的向来不肯给人看的面孔显露出来了；每个人都谈着，谈着，谈着，只有更兴奋地谈着，毫不觉得"疲倦"是怎么一个样子。酒是喝得干了，菜是已经没有了，而他们却还是谈着，谈着，谈着。那个地方，即使是很喧闹的，很湫狭的，向来所不愿意多坐的，而这时大家却都忘记了这些事，只是谈着，谈着，谈着，没有一个人愿意先说起告别的话。要不是为了戒严或家庭的命令，竟不会有人想走开的。虽然这些闲谈都是琐屑之至的，都是无意味的，而我们却已在其间得到宴之趣了——其实在这些闲谈中，我们是时时可发现许多珠宝的；大家都互相地受着影响，大家都更进一步了解他的同伴，大家都可以从那里得到些教益与利益。

"再喝一杯，只要一杯，一杯。"

"不，不能喝了，实在的。"

不会喝酒的人每每这样的被强迫着喝了过量的酒。面部红红的，映在灯光之下，是向来所未有的壮美的丰采。

"圣陶，干一杯，干一杯。"我往往地举起杯来对着他说，我是很喜欢一口一杯地喝酒的。

"慢慢地，不要这样快，喝酒的趣味，在于一小口一小口地喝，不在于'杯干'。"圣陶反抗似的说，然而终于他是一口干了。一杯又是一杯。

连不会喝酒的愈之、雁冰，有时，竟也被我们强迫地干了一杯。于是大家哄然地大笑，是发出于心之绝底的笑。

再有，佳年好节，合家团团地坐在一桌上，放了十几双的红漆筷子，连不在家中的人也都放着一双筷子，都排着一个座位。小孩子笑孜孜地闹着吵着，母亲和祖母温和地笑着，妻子忙碌着，指挥着厨房中厅堂中仆人们的做菜，端菜，那也是特有一种融融泄泄的乐趣，为孤独者所妒羡不置的，虽然并没有和同伴们同在时那样的宴之趣。

还有，一对恋人独自在酒店的密室中晚餐；还有，从戏院中偕了妻子出来，同登酒楼喝一二杯酒；还有，伴着祖母或母亲在熊熊的炉火旁边，放了几盏小菜，闲吃着宵夜的酒，那都是使身临其境的人心醉神怡的。

宴之趣是如此的不同呀！

搬 家

老舍

一提议说搬家,我就知道麻烦又来了。住着平安,不吵不闹,谁也不愿搬动。又不是光棍一条,搬起来也省事。既然称得起"家",这至少起码是夫妇两个,往往彼此意见不合,先得开几次联席会议,结果大家的主张不得不折中。谁去找房,这个说,等我找到得几时,我又得教书,编讲义,写文章,而且专等星期去找;况且我男人家又粗心又马虎,还是你去吧。那个说,一个女人家东家进,西家出,"眼观六路耳听八方"都得看仔细,打听明白,就是看妥了,和房东办交涉也是不善,全权通交在一人身上,这个责任,确是不轻。

没有法子,只得第二天就去实行,一路上什么也引不起注意,就看布告牌上的招租帖,墙角上,热闹口上通都留神,这还不算。有的好房就不贴条子,也不请银行信托部来管,这可不好办。一来二去的自己有了点发现,凡是窗户上没有窗帘子,你就可拍门去问。虽然看不中意,但是比较起所看的房确是强得多。

住惯北平的房子，老希望能找到一个大院子。所以离开北平之后，无论到天津，济南，汉口，上海，以至青岛，能找到房子带个大院子，真是少有。特别是在青岛，你能找到独门独院，只花很少的租价，就简直可说没有。除非你真有腰包，可以大大的租上座全楼。

我就不喜欢一个楼，分楼上一家，楼下一家，或是楼分四家住。这样住在楼上的人多少总是占便宜的。楼下的可就倒霉。遇见清净孩子少的还好，遇见好热闹，有嗜好的，孩子多的，那才叫活糟。而且还注意同楼是不是好养狗。这是经验告诉我，一条狗得看新养的，还是旧有的。青岛的狗种，可属全世界的了，三更半夜，嚎出的声真能吓得你半夜不能安睡。有了狗群，更不得安生，决斗声，求爱声，乳狗声，比什么声音都复杂热闹。这个可不敢领教了！

其次看同楼邻居如何；人口，年龄，籍贯，职业，都得在看房之际顺口答音的，探听清楚。比如说吧，这家是南方人，老太太是湖北的，少奶奶是四川的，少爷是在港务局做事，孩子大小三个；这所楼我虽看的还合适，房间大，阳光充足，四壁厕所厨房都干净，可是一看这家邻居，心就凉爽了。第一老太太是南方的我先怕。这并不是说对于南方的老太太有什么仇恨，而是对于她们生活习惯都合不来。也不管什么日子，黑天白日，黄钱白钱——纸钱——足烧一气，口中念念有词，我确是看不下去。再有是在门前买东西，为了一分钱，一棵菜，绝不善罢甘休买成功，必得为少一两分量吵嚷半天，小贩们脸红脖子粗的走开。少奶奶管孩子，少爷吊嗓子，你能管得着么？碰巧还架上廉价无线电，吵得你"姑子不得睡，和尚不得安"。所以趁早不用找麻烦。

第四章　允许自己虚度时光

论到职业上，确是重大问题。如果同楼邻居是同行，当然不必每天见面，"今天天气，哈哈哈"，或者不至于遭人白眼，扭头不屑于理"你个穷酸教书匠"，大有"道不同不相为谋"的气概。有时还特别显示点大爷就是这股子劲，看着不顺眼，搬哪！于是乎下班之后约些朋友打打小牌。越是更深人静，红中白板叫得越响，碰巧就继续到天亮，叫车送客忙了一大阵，这且不提。

你遇见这样对头最好忍受。你若一干涉，好，事情更来得重，没事先拉拉胡琴，约个人唱两出。久而久之，来个"坐打二簧"，锣鼓一齐响，你不搬家还等着什么？想用功到时候了，人家却是该玩的时候；你说明天第一堂有课，人家十时多才上班。你想着票友散了，先睡一觉，人家楼上孩子全起来了，玩橄榄球，拉凳子，打铁壶又跟上了。心中老害怕薄薄一层楼板，早晚是全军覆没，盖上木头被褥，那才高兴呢！

一封客客气气的劝告信，满希望等楼上的先生下了班，送了过去，发生点效力。一会儿楼上老妈子推门进来说，我们太太不认识字，老爷不在家，太太说不收这封信。好吧，接过来，整个丢进字纸篓里。自愧没做公安局长。

一个月后，房子才算妥当了，半年为期，没有什么难堪条件。回来对她一说，她先摇头，难道楼下你还没住够？我说，这次可担保，一定没有以前所受的流弊。房子够住，地点适宜，离学校，菜市，大街都近，而且喜欢遇到整齐的院子，又带着一个大空后院，练球，跳远，打拳都行。再说楼上只住老夫妇俩，还是教育界。她点了点头。

两辆大敞车，把所有的动产，在一早晨都搬了过去，才又发现门口正对着某某宿舍三个敞口大垃圾箱。掩鼻而过可也！

1936 年 12 月 10 日

窗子以外

//

林徽因

话从哪里说起？等到你要说话，什么话都是那样渺茫得找不到个源头。

此刻，就在我眼帘底下坐着是四个乡下人的背影，一个头上包着黯黑的白布，两个褪色的蓝布，又一个光头。他们支起膝盖，半蹲半坐的，在溪沿的短墙上休息。每人手里一件简单的东西，一个是白木棒，一个篮子，那两个在树荫底下我看不清楚。无疑的他们已经走了许多路，再过一刻，抽完一筒旱烟以后，是还要走许多路的。兰花烟的香味频频随着微风，袭到我官觉上来，模糊中还有几段山西梆子的声调，虽然他们坐的地方是在我廊子的铁纱窗以外。

铁纱窗以外，话可不就在这里了。永远是窗子以外，不是铁纱窗就是玻璃窗，总而言之，窗子以外！

所有的活动的颜色、声音、生的滋味，全在那里的，你并不是不能看到，只不过是永远地在你窗子以外罢了。多少百里的平原土地，多少区域的起伏的山峦，昨天由窗子外映进你的眼帘，那是多少生命日夜在活动着的所在；每一根青的什么麦黍，都有人流过汗；每一粒黄的什么米粟，都有人吃去；其间还有的是周折，是热闹，是紧张！可是你则并不一定能看见，因为那所有的周折，热闹，紧张，全都在你窗子以外展演着。

在家里罢，你坐在书房里，窗子以外的景物本就有限。那里两树马缨，几棵丁香；榆叶梅横出风雅的一大枝；海棠因为缺乏阳光，每年只开个两三朵——叶子上满是虫蚁吃的创痕，还卷着一点焦黄的边；廊子幽秀地开着扇子式，六边形的格子窗，透过外院的日光，外院的杂音。什么送煤的来了，偶然你看到一个两个被煤炭染成黔黑的脸；什么米送到了，一个人掮着一大口袋在背上，慢慢踱过屏门；还有自来水、电灯、电话公司来收账的，胸口斜挂着皮口袋，手里推着一辆自行车；更有时厨子来个朋友了，满脸的笑容，"好呀，好呀"地走进门房；什么赵妈的丈夫来拿钱了，那是每月一号一点都不差的，早来了你就听到两个人卿卿哝哝争吵的声浪。那里不是没有颜色，声音，生的一切活动，只是他们和你总隔个窗子——扇子式的，六边形的，纱的，玻璃的！

你气闷了把笔一搁说，这叫作什么生活！你站起来，穿上不能算太贵的鞋袜，但这双鞋和袜的价钱也就比——想它做什么，反正有人每月的工资，一定只有这价钱的一半乃至于更少。你出去雇洋车了，拉车的嘴里所讨的价钱当然是要比例价高得多，难道你就傻子似的答应下来？不，不，三十二子，拉就拉，不拉，拉倒！心里也明白，如果真要充内行，你就该说，二十六子，拉就拉——但是你好意思争！

第四章　允许自己虚度时光

　　车开始辗动了，世界仍然在你窗子以外。长长的一条胡同，一个个大门紧紧地关着。就是有开的，那也只是露出一角，隐约可以看到里面有南瓜棚子，底下一个女的，坐在小凳上缝缝做做的，另一个，抓住还不能走路的小孩子，伸出头来喊那过路卖白菜的。至于白菜是多少钱一斤，那你是听不见了，车子早已拉得老远，并且你也无须乎知道的。在你每月费用之中，伙食是一定占去若干的。在那一笔伙食费里，白菜又是多么小的一个数。难道你知道了门口卖的白菜多少钱一斤，你真把你哭丧着脸的厨子叫来申斥一顿，告诉他每一斤白菜他多开了你一个"大子儿"？

　　车越走越远了，前面正碰着粪车，立刻你拿出手绢来，皱着眉，把鼻子蒙得紧紧的，心里不知怨谁好。怨天做的事太古怪；好好的美丽的稻麦却需要粪来浇！怨乡下人太不怕臭，不怕脏，发明那么两个篮子，放在鼻前手车上，推着慢慢走！你怨市里行政人员不认真办事，如此脏臭不卫生的旧习不能改良，十余年来对这粪车难道真无办法？为着强烈的臭气隔着你窗子还不够远，因此你想到社会卫生事业如何还办不好。

　　路渐渐好起来，前面墙高高的是个大衙门。这里你简直不止隔个窗子，这一带高高的墙是不通风的。你不懂里面有多少办事员，办的都是什么事；多少浓眉大眼的，对着乡下人做买卖的吆喝诈取；多少个又是脸黄黄的可怜虫，混半碗饭分给一家子吃。自欺欺人，里面天天演的到底是什么把戏？但是如果里面真有两三个人拼了命在那里奋斗，为许多人争一点便利和公道，你也无从知道！

　　到了热闹的大街了，你仍然像在特别包厢里看戏一样，本身不会，也不必参加那出戏；倚在栏杆上，你在审美的领略，你有的是一片闲暇。但是如果这里洋车夫问你在哪里下来，你会吃一惊，仓促不知所答。生活所最必需的你并不缺乏什么，你这出来就也是不必需的活动。

偶一抬头，看到街心和对街铺子前面那些人，他们都是急急忙忙的，在时间金钱的限制下采办他们生活所必需的。两个女人手忙脚乱地在监督着店里的伙计称秤。二斤四两，二斤四两的什么东西，且不必去管，反正由那两个女人的认真的神气上面看去，必是非同小可、性命交关的货物。并且如果称得少一点时，那两个女人为那点吃亏的分量必定感到重大的痛苦；如果称得多时，那伙计又知道这年头那损失在东家方面真不能算小。于是那两边的争持是热烈的，必需的，大家声音都高一点。女人脸上呈块红色，头发披下了一缕，又用手抓上去；伙计则维持着客气，口里嚷着："错不了，错不了！"

热烈的，必需的，在车马纷纭的街心里，忽然由你车边冲出来两个人；男的，女的，个个提起两脚快跑。这又是干什么的？你心想，电车正在拐大弯。那两人原就追着电车，由轨道旁边擦过去，一边追着，一边向电车上卖票的说话。电车是不容易赶的，你在洋车上真不禁替那街心里奔走赶车的担心。但是你也知道如果这趟没赶上，他们就可以在街旁站个半点来钟，那些宁可盼穿秋水不雇洋车的人，也就是因为他们的生活而必须计较和节省到洋车同电车价钱上那相差的数目。

此刻洋车跑得很快，你心里继续着疑问你出来的目的，到底采办一些什么必需的货物。眼看着男男女女挤在市场里面，门首出来一个，进去一个，手里都是持着包包裹裹，里边虽然不会全是他们当日所必需的，

第四章 允许自己虚度时光

但是如果当中夹着一盒稍微奢侈的物品,则亦必是他们生活中间闪着亮光的一个愉快!你不是听见那人说吗?里面草帽,一块八毛五,贵倒贵点,可是"真不赖"!他提一提帽盒向着打招呼的朋友,他摸一摸他那剃得光整的脑袋,微笑充满了他全个脸。那时那一点迸射着光闪的愉快,当然地归属于他享受,没有一点疑问,因为天知道,这一年中他多少次地克己省俭,使他赚来这一次美满的、大胆的奢侈!

那点子奢侈在那人身上所发生的喜悦,在你身上却完全失掉作用,没有闪一星星亮光的希望!你想,整年整月你所花费的,和你那窗子以外的周围生活程度一比较,严格算来,可不都是非常靡费的用途?每奢侈一次,你心上只有多难过一次,所以车子经过的那些玻璃窗口,只有使你更惶恐、更空洞、更怀疑,前后彷徨不着边际。并且看了店里那些形形色色的货物,除非你真是傻子,难道不晓得它们多半是由哪一国工厂里制造出来的!奢侈是不能给你愉快的,它只有要加增你的戒惧烦恼。每一尺好看点的纱料,每一件新鲜点的工艺品!

你诅咒着城市生活,不自然的城市生活!检点行装说,走了,走了,这沉闷没有生气的生活,实在受不了,我要换个样子过活去。健康的旅行既可以看看山水古刹的名胜,又可以知道点内地纯朴的人情风俗。走了,走了,天气还不算太坏,就是走他一个月六礼拜也是值得的。

没想到不管你走到哪里,你永远免不了坐在窗子以内的。不错,许多时髦的学者常常骄傲地带上"考察"的神气,架上科学的眼镜,偶然走到哪里一个陌生的地方瞭望,但那无形中的窗子是仍然存在的。不信,你检查他们的行李。有谁不带着罐头食品、帆布床,以及别的证明你还

好爱这个世界啊

在你窗子以内的种种零星用品,你再摸一摸他们的皮包,那里短不了有些钞票;一到一个地方,你有的是一个提挈的小小世界。不管你的窗子朝向哪里望,所看到的多半则仍是在你窗子以外,隔层玻璃,或是铁纱!隐隐约约你看到一些颜色,听到一些声音,如果你私下满足了,那也没有什么,只是千万别高兴起说什么接触了,认识了若干事物人情,天知道那是罪过!洋鬼子们的一些浅薄,千万学不得。

你是仍然坐在窗子以内的,不是火车的窗子,汽车的窗子,就是客栈逆旅的窗子,再不然就是你自己无形中习惯的窗子,把你搁在里面。接触和认识实在谈不到,得天独厚的闲暇生活先不容你。一样是旅行,如果你背上掮的不是照相机而是一点做买卖的小血本,你就需要全副的精神来走路:你得留神投宿的地方;你得计算一路上每吃一次烧饼和几颗沙果的钱;遇着同行的战战兢兢地打招呼,互相捧出诚意,遇着困难时好互相关照帮忙;到了一个地方你是真带着整个血肉的身体到处碰运气,紧张的境遇不容你不奋斗,不与其他奋斗的血和肉的接触,直到经验使得你认识。

前日公共汽车里一列辛苦的脸,那些谈话,里面就有很多生活的分量。陕西过来做生意的老头和那旁坐的一股客气,是不得已的,由交城下车的客人执着红粉包纸烟递到汽车行管事手里也是有多少理由的,穿棉背心的老太婆默默地挟住一个蓝布包袱,一个钱包,是在用尽她的全副本领的。果然到了冀村,她错过站头,还亏别个客人替她要求车夫,将汽车退行两里路,她还不大相信地望着那村站,口里嘟苏着这地方和上次如何两样了。开车的一面发牢骚一面爬到车顶替老太婆拿行李,经

第四章　允许自己虚度时光

验使得他有一种涵养，行旅中少不了有认不得路的老太太，这个道理全世界是一样的，伦敦警察之所以特别和蔼，也是从迷路的老太太孩子们身上得来的。

话说了这许多，你仍然在廊子底下坐着。窗外送来溪流的喧响，兰花烟气味早已消失，四个乡下人这时候当已到了上流"庆和义"磨坊前面。昨天那里磨坊的伙计很好笑地满脸挂着面粉，让你看着磨坊的构造；坊下的木轮，屋里旋转着的石碾，又在高低的院落里，来回看你所不经见的农具在日影下列着。院中一棵老槐、一丛鲜艳的杂花、一条曲曲折折引水的沟渠，伙计和气地伴着说闲话。他用着山西口音，告诉你，那里一年可出五千多包的面粉，每包的价钱约略两块多钱。又说这十几年来，这一带因为山水忽然少了，磨坊关闭了多少家，外国人都把那些磨坊租去做他们避暑的别墅。惭愧的你说，你就是住在一个磨坊里面，他脸上堆起微笑，让面粉一星星在日光下映着，说认得认得，原来你所租的磨坊主人，一个外国牧师，待这村子极和气，乡下人和他还都有好感情。

这真是难得了，并且好感的由来还有实证。就是那一天早上你无意中出去探古寻胜，这一省山明水秀，古刹寺院，动不动就是宋辽的原物。走到山上一个小村的关帝庙里，看到一个铁铎，刻着万历年号，原来是万历赐这村里庆成王的后人的，不知怎样流落到卖古董的手里。七年前让这牧师买去，晚上打着玩，嘹亮的钟声被村人听到，急忙赶来打听。要凑原价买回，情辞恳切。说起这是他们吕姓的祖传宝物，决不能让它流落出境，这牧师于是真个把铁铎还了他们，从此便在关帝庙神前供着。

这样一来你的窗子前面便展开了一张浪漫的图画，打动了你的好奇，管它是隔一层或两层窗子，你也忍不住要打听点底细，怎么明庆成王的后人会姓吕！这下子文章便长了。

如果你的祖宗是皇帝的嫡亲弟弟，你是不会，也不愿，忘掉的。据说庆成王是永乐的弟弟，这赵庄村里的人都是他的后代。不过就是因为他们记得太清楚了，另一朝的皇帝都有些老大不放心，雍正间诏命他们改姓，由姓朱改为姓吕，但是他们还有用二十字排行的方法，使得他们不会弄错他们是这一脉子孙。

这样一来你就有点心跳了，昨天你雇来那打水洗衣服的不也是赵庄村来的，并且还姓吕！果然那土头土脑圆脸大眼的少年是个皇裔贵族，真是有失尊敬了。那么这村子一定穷得不得了，但事实上则不见得。

田亩一片，年年收成也不坏。家家户户门口有特种围墙，像个小小堡垒——当时防匪用的。屋子里面有大漆衣柜衣箱，柜门上白铜擦得亮亮；炕上棉被红红绿绿也颇鲜艳。可是据说关帝庙里已有四年没有唱戏了，虽然戏台还高巍巍地对着正殿。村子这几年穷了，有一位王孙告诉你，唱戏太花钱，尤其是上边使钱。这里到底是隔个窗子，你不懂了，一样年年好收成，为什么这几年村子穷了，只模模糊糊听到什么军队驻了三年多等，更不懂的是，村子向上一年辛苦后的娱乐，关帝庙里唱唱戏，得上面使钱？既然隔个窗子听不明白，你就通气点别尽管问了。

隔着一个窗子你还想明白多少事？昨天雇来吕姓倒水，今天又学洋鬼子东逛西逛，跑到下面养有鸡羊，上面挂有武魁匾额的人家，让他们用你不懂的乡音招呼你吃茶，炕上坐，坐了半天出到门口，和那送客的女人周旋客气了一回，才恍然大悟，她就是替你倒脏水洗衣裳的吕姓王孙的妈，前晚上还送饼到你家来过！

　　这里你迷糊了。算了算了！你简直老老实实地坐在你窗子里得了，窗子以外的事，你看了多少也是枉然，大半你是不明白，也不会明白的。

第五章

一些北京的记忆

北京忆旧

// 季羡林

我不是北京人，但是先后在北京住了四十六年之久，算得上一个老北京了。讲到回忆北京旧事，我自觉是颇有一些资格的。

可是，回忆并不总是愉快的。俗话说："一部二十四史，不知从何处说起。"我遇到的也是这个困难，不是无可回忆，而是要回忆的东西实在太多了。一想到四十六年的北京生活，脑海里就像开了幻灯铺，一幕一幕，倏忽而过。论建筑则有楼台殿阁，佛寺尼庵，阳关大道，独木小桥，无穷无尽的影像。论人物则有男女老幼，国内国外，黑眼黑发，碧眼黄发，无穷无尽的面影。再加上自然风光，春花秋月，夏雨冬雪，延庆密林，西山红叶，混搅成一团，简直像是七宝楼台，海市蜃楼，五光十色，迷离模糊。到了此时，我自己几乎不知置身何地了。

现在先从小事回忆起吧。

我想回忆一下中关村电子一条街。

在我居京的四十六年中，有四十年我住在清华园和燕园，都同今天

第五章 一些北京的记忆

的电子一条街是近邻。自从我国政府决定在海淀区成立一种经济特区以来，电子一条街就名扬四海。今天，在这里，几乎日夜车水马龙，熙熙攘攘，街两旁店铺鳞次栉比，如雨后春笋，经营的几乎都是先进技术。敏感之士已经感到，将来仅有的几家不是经营先进技术的铺子，比如说饭馆、服装店之类，将会逐渐被挤走，而代之以有能力付特高租金的店铺，将来在海淀区吃饭穿衣都要遇到困难了。我佩服这些人的先见之明。我这个人虽然也还算敏感，但还没有达到这样高的水平，我还没有这样的杞忧。我只是有时候回忆起几十年前的这个地方，心中憬然若有所悟。可惜今天有我这种感觉的人恐怕很少很少了。今天的青年，甚至中年，看到的只是眼前的繁华景象，他们想的是跃跃欲试，逐鹿于电子战场，成为胜利者，手挥微机，头戴桂冠。至于此地过去如何，确定与他们无关，何必去伤这一份脑筋呢？

我生也早，现在已近耄耋之年。早生有早生的好处，但也有早生的包袱。我现在背的就是这样的包袱。我看电子一条街，同中青年们不完全一样。我既看到现在热闹的一面，又看到过去与热闹截然相反的一面。有时候这两面在我眼前重叠起来，我很自然地就起流光如驶之感，不禁大为慨叹。这种慨叹有什么用处吗？我说不出，看来恐怕不会有多大用处。明知没有多大用处，又何苦去回忆呢？我是身不由己，无能为力。既然生早了，亲眼看到这个地方原先的情况，就无法抑制自己不去回忆。这就是我现在的包袱。

将近六十年前，当我住在清华园读书的时候，晚饭之后，有时候偕一两好友漫步出校南门，边走边谈，忘路之远近，间或走得颇远。留给我印象最深的是在深秋时分,我们往往走到一处人迹罕至的地方,衰草荒烟,景象萧森,举目四望,不见人家。但见野坟数堆,暮鸦几点,上下相映,益增荒寒,回望西天,残阳如血,余晖闪熠在枯草叶上。此时我感到鬼气森森,赶快收住脚步,转身回到清华园,仿佛又回到了人间。

计算地望,我当年到的那个地方,应该就是今天的中关村、电子一条街一带。这一点我认为是可以肯定的。我离开清华以后,再也没有到这里来过。1946年回到北平,也没有来过。1952年从城里搬到燕园,时过境迁,我对这个地方,早已忘得干干净净了。我在蓝旗营一公寓住了十年。初来时,门前的马路还没有。现在电子一条街修马路更在以后。这里修马路时,我当时的想法是,修这样宽的马路干吗呀!到了今天,马路扩展了一倍,仍然时有堵塞。仅仅三十几年,这里的变化竟如此巨大,我们的脑筋跟上时代的步伐竟如此困难。古人说沧海桑田,确有其事;论到速度,又是今非昔比了。

我从前读杨街之《洛阳伽蓝记》、唐段成式《寺塔记》、刘肃《大唐新语》等等书籍,常作遐想。书中描绘洛阳、长安等城市升沉衍变的情况,作者一腔思古之幽情,流露于楮墨之间,读来异常亲切感人。我原以为这是古人的事,于今渺矣茫矣。但是,现在看来,我自己亲身经历的类似电子一条街这样的变迁,岂非同古人一模一样吗?唯一的区别只在于,我只经历了六七十年,而古人经历的比较长而已。六七十年在人类历史上不能算太长,但也不能说太短,中国历史上有一些朝代也不过如此。我个人的经历应该算得上一部短短的历史了。

人是非常容易怀旧的,怀旧往往能带来某一种愉快。但是,到了我这样的年龄，我看到的经历过的已经太多太多了，"悲欢离合总无情"，有时候我连怀旧都有点懒怠了。今天写这一篇短文，一非想怀旧，二非想思古。不过偶尔想到，觉得别人未必知道，所以就写了下来。这绝不会影响电子一条街的人士发财致富，也不会帮助他们财运亨通。当他们饱饮可口可乐之余，对他们来说，这样琐细的回忆足资谈助而已。

1988 年 6 月 11 日

午门忆旧

//

汪曾祺

北京解放前夕，一九四八年夏天到一九四九年春天，我曾在午门的历史博物馆工作过一段时间。

午门是紫禁城总体建筑的一个重要的组成部分。这是故宫的正门，是真正的"宫门"。进了天安门、端门，这只是宫廷的"前奏"，进了午门，才算是进了宫。有午门，没有午门，是不大一样的，没有午门，进天安门、端门，直接看到三大殿，就太敞了，好像一件衣裳没有领子。有午门当中一隔，后面是什么，都瞧不见，这才显得宫里神秘庄严，深不可测。

午门的建筑是很特别的。下面是一个凹形的城台。城台上正面是一座九间重檐庑殿顶的城楼；左右有重檐的方亭四座。城楼和这四座正方的亭子之间，有廊庑相连属，稳重而不笨拙，玲珑而不纤巧，极有气派，俗称为"五凤楼"。在旧戏里，五凤楼成了皇宫的代称。《草桥关》里姚期唱："到来朝陪王在那五凤楼"，《珠帘寨》里程敬思唱道："为千岁懒登五凤楼"，指的就是这里。实际上姚期和程敬思都是不会登上五凤楼的。楼不但大臣上不去，就是皇帝也很少上去。

午门有什么用呢？旧戏和评书里常有一句话："推出午门斩首！"哪能呢！这是编戏编书的人想象出来的。午门的用处大概有这么三项：一是逢什么大典时，皇上登上城楼接见外国使节。曾见过一幅紫铜的版刻，刻的就是这一盛典。外国使节、满汉官员，分班肃立，极为隆重。是哪一位皇上，庆的是何节日，已经记不清了。其次是献俘。打了胜仗，要把俘虏（当然不是俘虏的全部，只是代表性的人物）押解到京城来。献俘本来应该在太庙。《清会典·礼部》："解送俘囚至京师，钦天监择日献俘于太庙社稷。"但据熟悉掌故的同志说，在午门。到时候皇上还要坐到城楼亲自过过目。究竟在哪里，余生也晚，未能亲历，只好存疑。第三，大概是午门最有历史意义，也最有戏剧性的故实，是在这里举行廷杖。廷杖，顾名思义，是在朝廷上受杖。不过把一位大臣按在太和殿上打屁股，也实在不大像样子，所以都在午门外举行。廷杖是对廷臣的酷刑。据朱国桢《涌幢小品》，廷杖始于唐玄宗时。但是盛行似在明代。原来不过是"意思意思"。《涌幢小品》说："成化以前，凡廷杖者不去衣，用厚棉底衣，毛毡迭帕，示辱而已。"穿了厚棉裤，又垫着几层毡子，打起来想必不会太疼。但就这样也够呛，挨打以后，要"卧床数日，而后得愈"。"正德初年，逆瑾（刘瑾）用事，恶廷臣，始去衣。"——那就说脱了裤子，露出屁股挨打了。"遂有杖死者。"掌刑的是"厂卫"。明朝宦官掌握的特务机关有东厂、西厂，后来又有中行厂。廷杖在午门外进行，抡杖的该是中行厂的锦衣卫。五凤楼下，血肉横飞，是何景象？

不知从什么时候起，五凤楼就很少有人上去。"马道"的门锁着。民国以后，在这里建立了历史博物馆。据历史博物馆的老工友说，建馆后，曾经修缮过一次，从城楼的天花板上扫出了一些烧鸡骨头、荔枝壳和桂圆壳。他们说，这是"飞贼"留下来的。北京的"飞贼"做了案，就到五凤楼天花板上藏着，谁也找不着——那倒是，谁能搜到这样的地方呢？老工友们说，"飞贼"用一根麻绳，一头系一个大铁钩，一甩麻绳，把铁钩搭在城垛子上，三把两把，就"就"上来了。这种情形，他们谁也不会见过，但是言之凿凿。这种燕子李三式的人物引起老工友们美丽的向往，因为他们都已经老了，而且有的已经半身不遂。

"历史博物馆"名目很大，但是没有多少藏品，东边的马道里有两尊"将军炮"，是很大的铜炮，炮管有两丈多长。一尊叫做"武威将军炮"，另一尊叫什么将军炮，忘了，据说张勋复辟时曾起用过两尊将军炮，有的老工友说他还听到过军令："传武威将军炮！""传××将军炮！"是谁传？张勋，还是张勋的对立面？说不清。马道拐角处有一架李大钊烈士就义的绞刑机。据说这架绞刑机是德国进口的，只用过一次。为什么要把这东西陈列在这里呢？我们在写说明卡片时，实在不知道如何下笔。

城楼（我们习惯叫做"正殿"）里保留了皇上的宝座。两边铁架子上挂着十多件袁世凯祭孔用的礼服，黑缎的面料，白领子，式样古怪，道袍不像道袍。这一套服装为什么陈列在这里，也莫名其妙。

四个方亭子陈列的都是没有多大价值，也不值什么钱的文物：不知道来历的墓志、烧瘫在"匣"里的钧窑瓷碗、清代的"黄册"（为征派赋役编造的户口册）、殿试的卷子、大臣的奏折……西北角一间亭子里陈列的东西却有点特别，是多种刑具。有两把杀人用的鬼头刀，都只有一尺

第五章　一些北京的记忆

多长。我这才知道杀头不是用力把脑袋砍下来，而是用"巧劲"把脑袋"切"下来。最引人注意的是一套凌迟用的刀具，装在一个木匣里，有一二十把，大小不一。还有一把细长的锥子。据说受凌迟的人挨了很多刀，还不会死，最后要用这把锥子刺穿心脏，才会气绝。中国的剐刑搞得这样精细而科学，真是令人叹为观止。

整天和一些价值不大、不成系统的文物打交道，真正是"抱残守缺"。日子过得倒是蛮清闲的。白天检查检查仓库，更换更换说明卡片，翻翻资料，都是可做可不做的事情。下班后，到左掖门外筒子河边看看算卦的算卦——河边有好几个卦摊；看人叉鱼——叉鱼的沿河走，捏着鱼叉，欻地一叉下去，一条二尺来长的黑鱼就叉上来了。到了晚上，天安门、端门、左右掖门都关死了，我就到屋里看书。我住的宿舍在右掖门旁边，据说原是锦衣卫——就是执行廷杖的特务值宿的房子。四处无声，异常安静。我有时走出房门，站在午门前的石头坪场上，仰看满天星斗，觉得全世界都是凉的，就我这里一点是热的。

北平一解放，我就告别了午门，参加四野南下工作团南下了。从此就再也没有到午门去看过，不知道午门现在是什么样子。

有一件事可以记一记。解放前一天，我们正准备迎接解放。来了一个人，说："你们赶紧收拾收拾，我们还要办事呢！"他是想在午门上登基。这人是个疯子。

1986年1月9日

五月的北平

//

张恨水

能够代表东方建筑美的城市，在世界上，除了北平，恐怕难找第二处了。描写北平的文字，由国文到外国文，由元代到今日，那是太多了，要把这些文字抄写下来，随便也可以出百万言的专书。现在要说北平，那真是一部廿四史，无从说起。若写北平的人物，就以目前而论，由文艺到科学，由最崇高的学者到雕虫小技的绝世能手，这个城圈子里，也俯拾即是，要一一介绍，也是不可能。北平这个城，特别能吸收有学问、有技巧的人才，宁可在北平为静止得到生活无告的程度，他们不肯离开。不要名，也不要钱，就是这样穷困着下去。这实在是件怪事。你又叫我写哪一位才让圈子里的人过瘾呢？

静的不好写，动的也不好写，现在是五月（旧的历法和四月），我们还是写点五月的眼前景物吧。北平的五月，那是一年里的黄金时光。任何树木，都发生了嫩绿的叶子，处处是绿荫满地。卖芍药花的担子，天天摆在十字街头。洋槐树开着其白如雪的花，在绿叶上一球球地顶着。

第五章 一些北京的记忆

人家院落里，随处可见。柳絮飘着雪花，在冷静的胡同里飞。枣树也开花了；在人家的白粉墙头，送出兰花的香味。北平春季多风，但到五月，风季就过去了（今年春季无风）。市民开始穿起夹衣，在不暖的阳光里走。北平的公园，既多又大。只要你有工夫，花不成其为数目的票价，亦可以在锦天铺地、雕栏玉砌的地方消磨一半天。

照着上面所谈，这范围还是太广，像看《四库全书》一样。虽然只成个提要，也觉得应接不暇。让我来缩小范围，只谈一个中人之家吧。北平的房子，大概都是四合院。这个院子，就可以雄视全国建筑。洋楼带花园，这是最令人羡慕的新式住房。可是在北平人看来，那太不算一回事了。北平所谓大宅门，哪家不是七八上下十个院子？哪个院子里不是花果扶疏？这且不谈，就是中产之家，除了大院一个，总还有一两个小院相配合。这些院子里，除了石榴树、金鱼缸，到了春深，家家由屋里度过寒冬搬出来。而院子里的树木，如丁香、西府海棠、藤萝架、葡萄架、垂柳、洋槐、刺槐、枣树、榆树、山桃、珍珠梅、榆叶梅，也都成人家普通的栽植物，这时，都次第的开过花了。尤其槐树，不分大街小巷，不分何种人家，到处都栽着有。在五月里，你如登景山之巅，对北平城作个鸟瞰，你就看到北平市房全参差在绿海里。这绿海就大部分是槐树造成的。

洋槐传到北平，似乎不出五十年。所以这类树，树木虽也有高到五六丈的，都是树干还不十分粗。刺槐却是北平的土产，树兜可以合抱，而树身高到十丈的，那也很是平常。洋槐是树叶子一绿就开花，正在五月，花是成球地开着，串子不长，远望有些像南方的白绣球。刺槐是七月开花，都是一串串有刺，像藤萝（南方叫紫藤），不过是白色的而已。洋槐香浓，刺槐不大香，所以五月里草绿油油的季节，洋槐开花，最是凑趣。

在一个中等人家，正院子里可能就有一两株槐树，或者是一两株枣树。尤其是城北，枣树逐家都有，这是"早子"的谐音，取一个吉利。在五月里，下过一回雨，槐叶已在院子里著上一片绿荫。白色的洋槐花在绿枝上堆着雪球，太阳照着，非常的好看。枣子花是看不见的，淡绿色，和小叶的颜色同样，而且它又极小，只比芝麻大些，所以随便看不见。可是它那种兰蕙之香，在风停日午的时候，在月明如昼的时候，把满院子都浸润在幽静淡雅的境界。假使这人家有些盆景（必然有），石榴花开着火星样的红点，夹竹桃开着粉红的桃花瓣，在上下皆绿的环境中，这几点红色，娇艳绝伦。北平人又爱随地种草本的花籽，这时大小花秧全都在院子里拔地而出，一寸到几寸长的不等，全表示了欣欣向荣的样子。北平的屋子，对院子的一方面，照例下层是土墙，高二、三尺，中层是大玻璃窗，玻璃大得像百货店的货窗相等，上层才是花格活窗。桌子靠墙，总是在大玻璃窗下。主人翁若是读书伏案写字，一望玻璃窗外的绿色，映入眉宇，那实在是含有诗情画意的。而且这样的点缀，并不花费主人什么钱的。

北平这个地方，实在适宜于绿树的点缀，而绿树能亭亭如盖的，又莫过于槐树。在东西长安街，故宫的黄瓦红墙，配上那一碧千株的槐林，简直就是一幅彩画。在古老的胡同里，四五株高槐，映带着平正的土路，低矮的粉墙。行人很少，在白天就觉得其意幽深，更无论月下了。在宽平的马路上，如南、北池子，如南、北长街，两边槐树整齐划一。连续不断，有三、四里之长，远远望去，简直是一条绿街。在古庙门口，红

第五章　一些北京的记忆

色的墙，半圆的门，几株大槐树在庙外拥立，把低矮的庙整个罩在绿荫下，那情调是肃穆典雅的。在伟大的公署门口，槐树分立在广场两边，好像排列着伟大的仪仗，又加重了几分雄壮之气。太多了，我不能把她一一介绍出来，有人说五月的北平是碧槐的城市，那却是一点没有夸张。

当承平之时，北平人所谓"好年头儿"，在这个日子，也正是故都人士最悠闲舒适的日子。在绿荫满街的当儿，卖芍药花的平头车子整车的花营蕾推了过去。卖冷食的担子，在幽静的胡同里叮叮作响，敲着冰盏儿，这很表示这里一切的安定与闲静。渤海来的海味，如黄花鱼、对虾，放在冰块上卖，已是别有风趣。又如乳油杨梅、蜜饯樱桃、藤萝饼、玫瑰糕，吃起来还带些诗意。公园里绿叶如盖，三海中水碧如油，随处都是令人享受的地方。但是这一些，我不能、也不愿往下写。现在，这里是邻近炮火边沿，南方人来说这里是第一线了。北方人吃的面粉，三百多万元一袋；南方人吃的米，卖八万多元一斤。穷人固然是朝不保夕；中产之家虽改吃糙粉度日，也不知道这糙粮允许吃多久。街上的槐树虽然还是碧净如前，但已失去了一切悠闲的点缀。人家院子里，虽是不花钱的庭树，还依然送了绿荫来，这绿荫在人家不是幽丽，乃是凄凄惨惨的象征。谁实为之？孰令致之？我们也就无从问人。《阿房宫赋》前段写得那样富丽，后面接着是一叹："秦人不自哀！"现在的北平人，倒不是不自哀，其如他们哀亦无益何！

好一座富于东方美的大城市呀，它整个儿在战栗！好一座千年文化的结晶呀，它不断地在枯萎！呼吁于上天，上天无言；呼吁于人类，人类摇头。其奈之何！

197

卢沟晓月

//

王统照

"苍凉自是长安日，呜咽原非陇头水。"这是清代诗人咏卢沟桥的佳句。

桥工的建造既不在北宋时代，也不开始于蒙古人的占据北平。金人与南宋南北相争时，于大定二十九年六月方将这河上的木桥换了，用石料造成，这是见之于金代的诏书，据说："明昌二年三月桥成，敕命名广利，并建东西廊以便旅客。"

经过元明两代都有重修。"东西长六十六丈，南北宽二丈四尺，两栏宽二尺四寸，石栏一百四十，桥孔十有一，第六孔适当河之中流。"按清乾隆五十年重修的统计，对此桥的长短大小有此说明，使人（没有到过的）可以想象它的雄壮。

从前以北平左近的县分属顺天府，也就是所谓京兆区。经过名人题咏的，京兆区内有八种胜景：例如西山霁雪，居庸叠翠，玉泉垂虹等，都是很幽美的山川风物。卢沟不过有一道大桥，却居然也与西山居庸关

第五章 一些北京的记忆

一样刊入八景之一,便是极富诗意的"卢沟晓月"。

本来,"杨柳岸晓风残月"是最易引动从前旅人的感喟与欣赏的凌晨早发的光景;何况在远来的巨流上有一道雄伟壮丽的石桥;又是出入京都的孔道,多少官吏、士人、商贾、农、工,为了事业,为了生活,为了游览,他们不能不到这名利所萃的京城,也不能不在夕阳返照,或东方未明时打从这古代的桥上经过。你想,在交通工具还没有如今迅速便利的时候,车马、担签,来往奔驰,再加上每个行人谁没有忧、喜、欣、戚的真感横在心头,谁不为"生之活动"在精神上负一份重担?

不过,单以"晓月"形容卢沟桥之美,据传说是另有原因:每当旧历的月尽头,(晦日)天快晓时,下弦的钩月在别处还看不分明,如有人赶到此桥上,他偏先得清光。这俗传的道理是否可靠,不能不令人疑惑。其实,卢沟桥也不过高起一些,难道同一时间在西山山顶,或北平城内的白塔(北海山上)上,看那晦晓的月亮,会比卢沟桥上不如?不过,话还是不这么拘板说为妙,用"晓月"陪衬卢沟桥的实是一位善于想象而又身经的艺术家的妙语,本来不预备后人去作科学的测验。你想"一日之计在于晨",何况是行人的早发。朝气清濛,烘托出那勾人思感的月亮——上浮青天,下嵌白石的巨桥。京城的雉堞若隐若现,西山的云翳似近似远,大野无边,黄流激奔……这样光,这样色彩,这样地点与建筑,不管是料峭的春晨,凄冷的秋晓,景物虽然随时有变,但若无雨雪的降临,每月末五更头的月亮,白石桥,大野,黄流,总可凑成一幅佳画,渲染飘浮于行旅者的心灵深处,发生出多少样反射的美感。

你说:偏以"晓月"陪衬这"碧草卢沟"(清刘履芬的《鸥梦词》中

有长亭怨一阕，起语是：叹销春间关轮铁，碧草卢沟，短长程接），不是最相称的"妙境"么？

无论你是否身经其地，现在，你对于这名标历史的胜迹，大约不止于"发思古之幽情"罢？其实，即以思古而论也尽够你深思，咏叹，有无穷的兴感！何况血痕染过那些石狮的鬟鬣，白骨在桥上的轮迹里腐化，漠漠风沙，呜咽河流，自然会造成一篇悲壮的史诗。就是万古长存的"晓月"也必定对你惨笑，对你冷觑，不是昔日的温柔，幽丽，只引动你的"清念"。

桥下的黄流，日夜呜咽，泛挹着青空的灏气；伴守着沉默的郊原……

他们都等待着有明光大来与洪涛冲荡的一日——那一日的清晓。

京城漫记

// 杨朔

北京的秋天最长，也最好。白露不到，秋风却先来了，踩着树叶一走，沙沙的，给人一种怪干爽的感觉。一位好心肠的同志笑着对我说："你久在外边，也该去看看北京，新鲜事儿多得很呢。老闷在屋里做什么，别发了霉。"

我也怕思想发霉，乐意跟他出去看看新鲜景致，就到了陶然亭。这地方在北京南城角，本来是京城有名的风景，我早从书上知道了。去了一看，果然是好一片清亮的湖水。湖的北面堆起一带精致的小山，山顶上远近点缀着几座小亭子。围着湖绿丛丛的，遍是杨柳，马樱，马尾松，银白杨……花木也多：碧桃，樱花，丁香，木槿，榆叶梅，太平花……都长的旺得很。要在春景天，花都开了，绕着湖一片锦绣，该多好看。不过秋天也有秋天的花：湖里正开着紫色的凤眼兰；沿着沙堤到处是成球的珍珠梅；还有种木本的紫色小花，一串一串挂下来，味道挺香，后来我才打听出来叫胡枝子。

我们穿过一座朱红色的凌霄架，爬上座山，山头亭子里歇着好些工人模样的游客，有的对坐着下五子棋，也有的瞭望着人烟繁华的北京城。看惯颐和园、北海的人，乍到这儿，觉得湖山又朴素，又秀气，另有种自然的情调。只是不知道古陶然亭在哪儿。

有位年轻的印刷工人坐在亭子栏杆上，听见我问，朝前一指说："那不是！"

原来是座古庙，看样子经过修理，倒还整齐。我觉得这地方实在不错，望着眼前的湖山，不住嘴说："好！好！到底是陶然亭，名不虚传。"

那工人含着笑问道："你以为陶然亭原先就是这样么？"

我当然不以为是这样。我知道这地方费了好大工程，挖湖堆山，栽花种树，才开辟出来。只是陶然亭既然是名胜古地，本来应该也不太坏。

那工人忍不住笑道："还不太坏？脑袋顶长疮脚心烂，坏透了！早先是一片大苇塘，死猫烂狗，要什么有什么。乱坟数都数不清，死人埋一层，又一层，上下足有三层。那工夫但凡有点活路，谁也不愿意到陶然亭来住。"

改一天，我见到位在陶然亭住了多年的妇女，是当地区人民代表大会的代表。她的性格爽爽快快的，又爱说。提起当年的陶然亭，她用两手把脸一捂，又皱着眉头笑道："哎呀，那个臭地方！死的比活的多，熏死人了！你连门都不敢敞。大门一敞，蛆排上队了，直往里爬，有时爬到水缸边上。蚊子都成了精，嗡嗡的，像筛锣一样，一走路碰你脑袋。当时我只有一个想法，几时能搬出去就好了。"

现时她可怎么也不肯搬了。夏天傍晚，附近的婶子大娘吃过晚饭，搬个小板凳坐到湖边上歇凉，常听见来往的游客说："咱们能搬来住多好，简直是住在大花园里。"

那些婶子大娘就会悄悄笑着嘀咕说："俺们能住在花园里，也是熬的。"

不是熬的，是自己动手创造的。挖湖那当儿，妇女不是也挑过土篮？老太太们曾经一天多少次替挖湖工人烧开水。

这座大花园能够修成，也不止是眼前的几千几万人，还有许许多多看不见的手，从老远老远的天涯地角伸过来。你看见成行的紫穗槐，也许容易知道这是北京的少年儿童趁着假日赶来栽的。有的小女孩种上树，怕不记得了，解下自己的红头绳绑到树枝上，做个记号，过些日子回来一看，树活了，乐得围着树跳。可是你在古陶然亭北七棵松下看见满地铺的绿草，就猜不着是哪儿来的了。这叫草原燕麦，草籽是苏联工人亲手收成的，从千万里外送到北京。

围着湖边，你还会发现一种奇怪的草，拖着长蔓，一大片一大片的，不怕踩，不怕坐，从上边一走又厚又软，多像走在地毯上一样。北京从来不见这种草。这叫狗牙根，也叫狼蓑草，是千里迢迢从汤阴运来的。汤阴当地的农民听说北京城要狗牙根铺花园，认为自己能出把力气是个光荣，争着动手采集，都把草叫做"光荣草"。谁知草打在蒲包里，运到北京，黄了，干了，一划火柴就烧起来。园艺工人打蒲包时，里面晒得火热，一不留心，手都烫起了泡。不要紧，工人们一点都不灰心。他们搭个棚子，把草晾在阴凉地方，天天往上喷水，好好保养着，一面动手栽。

湖边住着位张老大爷，七十多岁了，每天早晨到湖边上蹓跶，看见

203

工人们把些焦黄的乱草往地上铺，心里纳闷，回来对邻居们当笑话说："这不是白闹么？不知从哪儿弄堆乱草，还能活得了！"过了半月，这位张老大爷忽然兴冲冲地对邻居说："你看看去，他大嫂子，草都发了绿，活了——这怪不怪？"

一点不怪。我们大家辛辛苦苦为的是什么？就为的一个心愿：要把死的变成活的；把臭的变成香的；把丑的变成美的；把痛苦变成欢乐；把生活变成座大花园。我们种的每棵草，每棵花，并不是单纯点缀风景，而是从人民生活着眼，要把生活建设得更美。

我们的北京城就是在这种美的观点上进行建设的。那位好心肠的同志带我游历陶然亭，还游历了紫竹院和龙潭。我敢说，即使"老北京"也不一定听说过这后面的两景。我不愿意把读者弄得太疲劳，领你们老远跑到西郊中央民族学院后身去游紫竹院，只想告诉大家一句，先前那儿也是一片荒凉的苇塘，谁也不会去注意它。但正是这种向来不被注意的脏地方，向来不被注意的附近居民，生活都像图画一样染上好看的颜色了。

龙潭来去方便，还是应该看看的。这地方也在城南角，紧挨着龙须沟。你去了，也许会失望的。这有什么了不起？无非又是什么乱苇塘，挑成一潭清水，里面养了些草鱼、鲢鱼等，岸上栽了点花木。对了，正是这样。可是，你要是懂得人民的生活，你就会像人民一样爱惜这块地方了。

临水盖了一片村庄，叫幸福村，住的都是劳动人民。只要天气好，黄昏一到，村里人多半要聚集到湖边的草地上，躺着的，坐着的，抽几口烟，说几句闲话，或是拉起胡琴唱两句，解解一天的乏。孩子们总是喜欢缠着老年人，叫人家讲故事听。老奶奶会让孙子坐在怀里，望着水里落满的星星，就像头顶上的银白杨叶子似的，喊喊喳喳说起过去悲惨的生活。这是老年人的脾气，越是高兴，越喜欢提从前的苦楚。提起来并不难过，倒更高兴。

奶奶说："孩儿啊，你那时候太小，什么都不记得了，奶奶可什么都记得。十冬腊月大雪天，屋子漏着天，大雪片子直往屋里飘，冻得你黑夜睡不着觉，一宿哭到亮。你爹急了，想起门前臭水坑里有的是苇子，都烂到冰上了，要去砍些回来笼火烤。可是孩儿啊，苇子烂了行，你去砍，警察就说你是贼，把你爹抓去关了几天，后脊梁差点没揭去一层皮。"

孙子听着这些事，像听很远很远跟自己没关系的故事，瞪着小眼直发愣。先前的日子会是那么样？现在爹爹当建筑工人，到处盖大楼。他呢，天天背着书包到幸福村小学去念书。老师给讲大白熊的故事，还教唱歌。一有空，他就跟同伴蹲在湖边上，瞅着水里的鱼浮上来，又沉下去，心想：鱼到晚间是不是也闭上眼睡觉呢？奶奶却说早先这是片臭水坑——不会吧？

奶奶说着说着叹了口气："唉！我能活着看见这湖水，也知足了。只是我老了，但愿老天爷能多给我几年寿命，有朝一日让我看看社会主义，死了也不冤枉了。"

人活到六十，生活却刚刚才开始。其实奶奶并不老。她抱着希望，她的希望并不远，是摆在眼前。

1954 年

北平的春天

// 周作人

北平的春天似乎已经开始了，虽然我还不大觉得。立春已过了十天，现在是六九六十三的起头了，布袖摊在两肩，穷人该有欣欣向荣之意。光绪甲辰即一九〇四年小除那时我在江南水师学堂曾作一诗云：

一年倏就除，风物何凄紧。百岁良悠悠，向日催人尽。既不为大椿，便应如朝菌。一死息群生，何处问灵蠢。

但是第二天除夕我又做了这样一首云：

东风三月烟花好，凉意千山云树幽，冬最无情今归去，明朝又得及春游。

这诗是一样的不成东西，不过可以表示我总是很爱春天的。春天有什么好呢，要讲他的力量及其道德的意义，最好去查盲诗人爱罗先珂的抒情诗的演说，那篇世界语原稿是由我笔录，译本也是我写的，所以约略都还记得，但是这里誊录自然也更可不必了。春天的是官能的美，是要去直接领略的，关门歌颂一无是处，所以这里抽象的话暂且割爱。

且说我自己的关于春的经验，都是与游有相关的。古人虽说以鸟鸣春，但我觉得还是在别方面更感到春的印象，即是水与花木。迂阔的说一句，或者这正是活物的根本的缘故罢。小时候，在春天总有些出游的机会，扫墓与香市是主要的两件事，而通行只有水路，所在又多是山上野外，那么这水与花木自然就不会缺少的。香市是公众的行事，禹庙南镇香炉峰为其代表。扫墓是私家的，会稽的乌石头调马场等地方至今在我的记忆中还是一种代表的春景。庚子年三月十六日的日记云：

晨坐船出东郭门，挽纤行十里，至绕门山，今称东湖，为陶心云先生所创修，堤计长二百丈，皆植千叶桃垂柳及女贞子各树，游人颇多。又三十里至富盛埠，乘兜桥过市行三里许，越岭，约千余级。山中映山红牛郎花甚多，又有蕉藤数株，著花蔚蓝色，状如豆花，结实即刀豆也，可入药。路皆竹林，竹吻之出土者粗于碗口而长仅二三寸，颇为可观。忽闻有声如鸡鸣，阁阁然，山谷皆响，问之轿夫，云系雉鸡叫也。又二里许过一溪，阔数丈，水没及肝，界者乱流而渡，水中圆石颗颗，大如鹅卵，整洁可喜。行一二里至墓所，松柏夹道，颇称闳壮。方祭时，小雨籁籁落衣袂间，幸即晴霁。下山午餐，下午开船。将进城门，忽天色如墨，雷电并作，大雨倾注，至家不息。

旧事重提，本来没有多大意思，这里只是举个例子，说明我春游的观念而已。我们本是水乡的居民，平常对于水不觉得怎么新奇，要去临流赏玩一番，可是生平与水太相习了，自有一种情分，仿佛觉得生活的美与悦乐之背景里都有水在，由水而生的草木次之，禽虫又次之。我非不喜禽虫，但它总离不了草木，不但是吃食，也实是必要的寄托，盖即使以鸟鸣春，这鸣也得在枝头或草原上才好，若是雕笼金锁，无论怎样的鸣得起劲，总使人听了索然兴尽也。

话休烦絮。到底北京的春天怎么样了呢，老实说，我住在北京和北平已将二十年，不可谓不久矣，对于春游却并无什么经验。妙峰山虽热闹，尚无暇瞻仰，清明郊游只有野哭可听耳。北平缺少水气，使春光减了成色，而气候变化稍剧，春天似不曾独立存在，如不算他是夏的头，亦不妨称为冬的尾，总之风和日暖让我们着了单袷可以随意徜徉的时候是极少，刚觉得不冷就要热了起来了。不过这春的季候自然还是有的。第一，冬之后明明是春，且不说节气上的立春也已过了。第二，生物的发生当然是春的证据，牛山和尚诗云，春叫猫儿猫叫春，是也。人在春天却只是懒散，雅人称曰春困，这似乎是别一种表示。所以北平到底还是有他的春天，不过太慌张一点了，又欠腴润一点，叫人有时来不及尝他的味儿，有时尝了觉得稍枯燥了，虽然名字还叫作春天，但是实在就把他当作冬的尾，要不然便是夏的头，反正这两者在表面上虽差得远，实际上对于不大承认他是春天原是一样的。

我倒还是爱北平的冬天。春天总是故乡的有意思，虽然这是三四十年前的事，现在怎么样我不知道。至于冬天，就是三四十年前的故乡的冬天我也不喜欢：那些手脚生冻瘃，半夜里醒过来像是悬空挂着似的上下四旁都是冷气的感觉，很不好受，在北平的纸糊过的屋子里就不会有的。在屋里不苦寒，冬天便有一种好处，可以让人家做事：手不僵冻，不必炙砚呵笔，于我们写文章的人大有利益。北平虽几乎没有春天，我并无什么不满意，盖吾以冬读代春游之乐久矣。

雨 的 感 想

//

周作人

今年夏秋之间北京的雨下得不太多，虽然在田地里并不旱干，城市中也不怎么苦雨，这是很好的事。北京一年间的雨量本来颇少，可是下得很有点特别，他把全年份的三分之二强在六七八月中间落了，而七月的雨又几乎要占这三个月份总数的一半。照这个情形说来，夏秋的苦雨是很难免的。在民国十三年和二十七年，院子里的雨水上了阶沿，进到西书房里去，证实了我的苦雨斋的名称，这都是在七月中下旬，那种雨势与雨声想起来也还是很讨嫌，因此对于北京的雨我没有什么好感，像今年的雨量不多，虽是小事，但在我看来自然是很可感谢的了。

不过讲到雨，也不是可以一口抹杀，以为一定是可嫌恶的。这须得分别言之，与其说时令，还不如说要看地方而定。在有些地方，雨并不可嫌恶，即使不必说是可喜。囫囵地说一句南方，恐怕不能得要领，我想不如具体的说明，在到处有河流，满街是石板路的地方，雨是不觉得讨厌的，那里即使会涨大水，成水灾，也总不至于使人有苦雨之感。我的故乡在浙东的绍兴，便是这样的一个好例。在城里，每条路差不多有一条小河平行着，其结果是街道上桥很多，交通利用大小船只，民间饮食洗濯依赖河水，大家才有自用井，蓄雨水为饮料。河岸大抵高四五尺，下雨虽多尽可容纳，只有上游水发，而闸门淤塞，下流不通，成为水灾，但也是田野乡村多受其害，城里河水是不至于上岸的。因此住在城里的人遇见长雨，也总不必担心水会灌进屋子里来，因为雨水都流入河里，河固然不会得满，而水能一直流去，不至停住在院子或街上者，则又全是石板路的关系。我们不曾听说有下水沟渠的名称，但是石板路的构造仿佛是包含有下水计划在内的，大概石板底下都用石条架着，无论多少雨水全由石缝流下，一总到河里去。人家里边的通路以及院子即所谓明堂也无不是石板，室内才用大方砖砌地，俗名曰地平。在老家里有一个长方的院子，承受南北两面楼房的雨水，即使下到四十八小时以上，也不见他停留一寸半寸的水，现在想起来觉得很是特别。秋季长雨的时候，睡在一间小楼上或是书房内，整夜的听雨声不绝，固然是一种喧嚣，却也可以说是一种萧寂，或者感觉好玩也无不可，总之不会得使人忧虑的。吾家濂溪先生有一首《夜雨书窗》的诗云：

秋风扫暑尽，半夜雨淋漓。
绕屋是芭蕉，一枕万响围。
恰似钓鱼船，篷底睡觉时。

这诗里所写的不是浙东的事，但是情景大抵近似，总之说是南方的夜雨是可以的吧。在这里便很有一种情趣，觉得在书室听雨如睡钓鱼船中，倒是很好玩似的。下雨无论久暂，道路不会泥泞，院落不会积水，用不着什么忧虑，所有的唯一的忧虑只是怕漏。大雨急雨从瓦缝中倒灌而入，长雨则瓦都湿透了，可以浸润缘入，若屋顶破损，更不必说，所以雨中搬动面盆水桶，罗列满地，承接屋漏，是常见的事。民间故事说不怕老虎只怕漏，生出偷儿和老虎猴子的纠纷来，日本也有虎狼古屋漏的传说，可见此怕漏的心理分布得很是广远也。

　　下雨与交通不便本是很相关的，但在上边所说的地方也并不一定如此。一般交通既然多用船只，下雨时照样的可以行驶，不过篷窗不能推开，坐船的人看不到山水村庄的景色，或者未免气闷，但是闭窗坐听急雨打篷，如周濂溪所说，也未始不是有趣味的事。再说舟子，他无论遇见如何的雨和雪，总只是一蓑一笠，站在后艄摇他的橹，这不要说什么诗味画趣，却是看去总毫不难看，只觉得辛劳质朴，没有车夫的那种拖泥带水之感。还有一层，雨中水行同平常一样的平稳，不会像陆行的多危险，因为河水固然一时不能骤增，即使增涨了，如俗语所云，水涨船高，别无什么害处，其唯一可能的影响乃是桥门低了，大船难以通行，若是一人两桨的小船，还是往来自如。水行的危险盖在于遇风，春夏间往往于晴明的午后陡起风暴，中小船只在河港阔大处，又值舟子缺少经验，易于失事，若是雨则一点都不要紧也。坐船以外的交通方法还有步行。雨中步行，在一般人想来总很是困难的吧，至少也不大愉快。在铺着石板路的地方，这情形略有不同。因为是石板路的缘故，既不积水，亦不泥泞，行路困难已经几乎没有，余下的事只须防湿便好，这有雨具就可济事了。从前的人出门必带钉鞋雨伞，即是为此，只要有了雨具，又有脚力，在雨中要走多少里都可随意，反正地面都是石板，城坊无须说了，就是乡村间其通行大道至少有一块石板宽的路可走，除非走入小路岔道，并没有泥泞难行的地方。本来防湿的方法最好是不怕湿，赤脚穿草鞋，无往不便利平安，可是上策总难实行，常人还只好穿上钉鞋，撑了雨伞，然后安心地走到雨中去。我有过好多回这样的在大雨中间行走，到大街里去买吃食的东西，往返就要花两小时的工夫，一点都不觉得有什么困难。最讨厌的还是夏天的阵雨，出去时大雨如注，石板上一片流水，很高的钉鞋齿踏在上边，有如低板桥一般，倒也颇有意思，可是不久云收雨散，石板上的水经太阳一晒，随即干涸，我们走回来时把钉鞋踹在石板路上嘎唥嘎唥的响，自己也觉得怪寒碜的，街头的野孩子见了又要起哄，说是旱地乌龟来了。这是夏日雨中出门的人常有的经验，或者可以说是关于钉鞋雨伞的一件顶不愉快的事情吧。

以上是我对于雨的感想，因了今年北京夏天不大下雨而引起来的。但是我所说的地方的情形也还是民国初年的事，现今一定很有变更，至少路上石板未必保存得住，大抵已改成蹩脚的马路了吧。那么雨中步行的事便有点不行了，假如河中还可以行船，屋下水沟没有闭塞，在篷底窗下可以平安地听雨，那就已经是很可喜幸的了。

1944 年 8 月

我们的首都（节选）

//

林徽因

故宫三大殿

北京城里的故宫中间，巍然崛起的三座大宫殿是整个故宫的重点，"紫禁城"内建筑的核心。以整个故宫来说，那样庄严宏伟的气魄；那样富于组织性，又富于图画美的体形风格；那样处理空间的艺术；那样的工程技术，外表轮廓，和平面布局之间的统一的整体，无可否认的，它是全世界建筑艺术的绝品，它是一组伟大的建筑杰作，它也是人类劳动创造史中放出异彩的奇迹之一。我们有充足的理由，为我们这"世界第一"而骄傲。

三大殿的前面有两段作为序幕的布局，是值得注意的。第一段，由天安门，经端门到午门，两旁长列的"千步廊"是个严肃的开端。第二段在午门与太和门之间的小广场，更是一个美丽的前奏。这里一道弧形的金水河和河上五道白石桥，在黄瓦红墙的气氛中，北望太和门的雄劲，这个环境适当地给三殿做了心理准备。

太和、中和、保和三座殿是前后排列着同立在一个庞大而崇高的工字形白石殿基上面的。这种台基过去称"殿陛",共高二丈,分三层,每层有刻石栏杆围绕,台上列铜鼎等。台前石阶三列,左右各一列,路上都有雕镂隐起的龙凤花纹。这样大尺度的一组建筑物,是用更宏大尺度的庭院围绕起来的。广庭气魄之大是无法形容的。庭院四周有廊屋,太和与保和两殿的左右还有对称的楼阁和翼门,四角有小角楼。这样的布局是我国特有的传统,常见于美丽的唐宋壁画中。

三殿中,太和殿最大,也是全国最大的一个木构大殿。横阔十一间,进深五间,外有廊柱一列,全个殿内外立着八十四根大柱。殿顶是重檐的"庑殿式"瓦顶,全部用黄色的琉璃瓦,光泽灿烂,同蓝色天空相辉映。底下彩画的横额和斗拱,朱漆柱,金琐窗,同白石阶基也作了强烈的对比。这个殿建于康熙三十六年(一六九七),已有三百五十五岁,而结构整严,完好如初。内部渗金盘龙柱和上部梁枋藻井上的彩画虽稍剥落,但仍然华美动人。

中和殿在工字基台的中心,平面为正方形,宋元工字殿当中的"柱廊"竟蜕变而成了今天的亭子形的方殿。屋顶是单檐"攒尖顶",上端用渗金圆顶为结束。此殿是清初顺治三年的原物,比太和殿又早五十余年。

保和殿立在工字形殿基的北端,东西阔九间,每间尺度又都小于太和殿,上面是"歇山式"殿顶,它是明万历的"建极殿"原物,未经破坏或重建的。至今上面童柱上还留有"建极殿"标识。它是三殿中年寿最老的,已有三百三十七年的历史。

三大殿中的两殿，一前一后，中间夹着略为低小的单位所造成的格局，是它美妙的特点。要用文字形容三殿是不可能的，而同时因环境之大，摄影镜头很难把握这三殿全部的雄姿。深刻的印象，必须亲自进到那动人的环境中，才能体会得到。

北海公园

在二百多万人口的城市中，尤其是在布局谨严，街道引直，建筑物主要都左右对称的北京城中，会有像北海这样一处水阔天空，风景如画的环境，据在城市的心脏地带，实在令人料想不到，使人惊喜。初次走过横亘在北海和中海之间的金鳌玉蝀桥的时候，望见隔水的景物，真像一幅画面，给人的印象尤为深刻。耸立在水心的琼华岛，山巅白塔，林间楼台，受晨光或夕阳的渲染，景象非凡特殊，湖岸石桥上的游人或水面小船，处处也都像在画中。池沼园林是近代城市的肺腑，藉以调节气候，美化环境，休息精神；北海风景区对全市人民的健康所起的作用是无法衡量的。北海在艺术和历史方面的价值都是很突出的，但更可贵的还是在它今天回到了人民手里，成为人民的公园。

我们重视北海的历史，因为它也就是北京城历史重要的一段。它是今天的北京城的发源地。远在辽代（十一世纪初），琼华岛的地址就是一个著名的台，传说是"萧太后台"；到了金朝（十二世纪中），统治者在这里奢侈地为自己建造郊外离宫：凿大池，改台为岛，移北宋名石筑山，山巅建美丽的大殿。元忽必烈攻破中都，曾住在这里。元建都时，废中

第五章 一些北京的记忆

都旧城，选择了这离宫地址作为他的新城，大都皇宫的核心，称北海和中海为太液池。元的三个宫分立在两岸，水中前有"瀛洲圆殿"，就是今天的团城，北面有桥通"万岁山"，就是今天的琼华岛。岛立太液池中，气势雄壮，山巅广寒殿居高临下，可以远望西山，俯瞰全城，是忽必烈的主要宫殿，也是全城最突出的重点。明毁元三宫，建造今天的故宫以后，北海和中海的地位便不同了，也不那样重要了。统治者把两海改为游宴的庭园，称作"内苑"。广寒殿废而不用，明万历时坍塌。清初开辟南海，增修许多庭园建筑，北海北岸和东岸都有个别幽静的单位。北海面貌最显著的改变是在一六五一年，琼华岛广寒殿旧址上，建造了今天所见的西藏式白塔。岛正南半山殿堂也改为佛寺，由石阶直升上去，遥对团城。这个景象到今天已保持整整三百年了。

北海布局的艺术手法是继承宫苑创造幻想仙境的传统，所以它以琼华岛仙山楼阁的姿态为主：上面是台殿亭馆；中间有岩洞石室；北面游廊环抱，廊外有白石栏楯，长达三百米；中间漪澜堂，上起轩楼为远帆楼，和北岸的五龙亭隔水遥望，互见缥缈，是本着想象的仙山景物而安排的。湖心本植莲花，其间有画舫来去。北岸佛寺之外，还作小西天，又受有佛教画的影响。其他如桥亭堤岸，多少是模拟山水画意。北海的布局是有着丰富的艺术传统的。它的曲折有趣、多变化的景物，也就是它最得游人喜爱的因素。同时更因为它的水面宏阔，林岸较深，尺度大，气魄大，最适合于现代青年假期中的一切活动：划船、滑水、登高远眺，北海都有最好的条件。

颐和园

在中国历史中，城市近郊风景特别好的地方，封建主和贵族豪门等总要独霸或强占，然后再加以人工的经营来做他们的"禁苑"或私园。这些著名的御苑、离宫、名园，都是和劳动人民的血汗和智慧分不开的。他们凿了池或筑了山，建造亭台楼阁，栽植了树木花草，布置了回廊曲径，桥梁水榭，在许许多多巧妙的经营与加工中，才把那些离宫或名园提到了高度艺术的境地。现在，这些可宝贵的祖国文化遗产，都已回到人民手里了。

北京西郊的颐和园，在著名的圆明园被帝国主义侵略军队毁了以后，是中国四千年封建历史里保存到今天的最后的一个大"御苑"。颐和园周围十三华里，园内有山有湖。倚山临湖的建筑单位大小数百，最有名的长廊，东西就长达一千几百尺，共计二百七十三间。

颐和园的湖、山基础，是经过金、元、明三朝所建设的。清朝规模最大的修建开始于乾隆十五年（一七五〇），当时本名清漪园，山名万寿，湖名昆明。一八六〇年，清漪园和圆明园同遭英法联军毒辣的破坏。前山和西部大半被毁，只有山巅琉璃砖造的建筑和"铜亭"得免。

前山湖岸全部是光绪十四年（一八八八）所重建。那时西太后那拉氏专政，为自己做寿，竟挪用了海军造船费来修建，改名颐和园。

颐和园规模宏大，布置错杂，我们可以分成后山、前山、东宫门、南湖和西堤等四大部分来了解它的。

第一部后山，是清漪园所遗留下的艺术面貌，精华在万寿山的北坡和坡下的苏州河。东自"赤城霞起"关口起，山势起伏，石路回转，一路在半山经"景福阁"到"智慧海"，再向西到"画中游"。一路沿山下河岸，处处苍松深郁或桃树错落，是初春清明前后游园最好的地方。山下小河（或称后湖）曲折，忽狭忽阔；沿岸模仿江南风景，故称"苏州街"，河也名"苏州河"。正中北宫门入园后，有大石桥跨苏州河上，向南上坡是"后大庙"旧址，今称"须弥灵境"。这些地方，今天虽已剥落荒凉，但环境幽静，仍是颐和园最可爱的一部。东边"谐趣园"是仿无锡惠山园的风格，当中荷花池，四周有水殿曲廊，极为别致。西面通到前湖的小苏州河，岸上东有"买卖街"（现已不存），俨如江南小镇。更西的长堤垂柳和六桥是仿杭州西湖六桥建设的。这些都是模仿江南山水的一个系统的造园手法。

第二部前山湖岸上的布局，主要是排云殿、长廊和石舫。排云殿在南北中轴线上。这一组由临湖一座牌坊起，上到排云殿，再上到佛香阁；倚山建筑，巍然耸起，是前山的重点。佛香阁是八角攒尖顶的多层建筑物，立在高台上，是全山最高的突出点。这一组建筑的左右还有"转轮藏"和"五芳阁"等宗教建筑物。附属于前山部分的还有半山上几处别馆如"景福阁""画中游"等。沿湖的长廊和中线成丁字形；西边长廊尽头处，湖岸转北到小苏州河，傍岸处就是著名的"石舫"，名清宴舫。前山着重侈大、堂皇富丽，和清漪园时代重视江南山水的曲折大不相同；前山的安排，是"仙山蓬岛"的格式，略如北海琼华岛，建筑物倚山层层上去，成一中轴线，以高耸的建筑物为结束。湖岸有石栏和游廊。对面湖心有远岛，以桥相通，也如北海团城。只是岛和岸的距离甚大，通到岛上的十七孔长桥，不在中线，而由东堤伸出，成为远景。

第三部是东宫门入口后的三大组主要建筑物：一是向东的仁寿殿，它是理事的大殿；二是仁寿殿北边的德和园，内中有正殿、两廊和大戏台；三是乐寿堂，在德和园之西。这是那拉氏居住的地方。堂前向南临水有石台石阶，可以由此上下船。这些建筑拥挤繁复，像城内府第，堵塞了入口，向后山和湖岸的合理路线被建筑物阻挡割裂，今天游园的人，多不知有后山，进仁寿殿或德和园之后，更有迷惑在院落中的感觉，直到出了荣寿堂西门，到了长廊，才豁然开朗，见到前面湖山。这一部分的建筑物为全园布局上的最大弱点。

第四部是南湖洲岛和西堤。岛有五处，最大的是月波楼一组，或称龙王庙，有长桥通东堤。其他小岛非船不能达。西堤由北而南呈一弧线，分数段，上有六座桥。这些都是湖中的点缀，为北岸的远景。

北南西东

// 缪崇群

车上散记

去年春末我从北地到南方来,今年秋初又从上江到下江去。时序总是春夏秋冬的轮转着,生活却永远不改的做着四方行乞的勾当。

憧憬着一切的未来都是一个梦,是美丽的也是渺茫的;追忆着一切的过往的那是一座坟墓,是寂灭了的却还埋藏着一堆骸骨。

我并不迷恋于骸骨,然而生活到了行乞不得的时候,我向往着每一个在我记忆里坟起的地方,发掘它,黯然地做了一个盗墓者。

正阳门站

生在南方,我不能把北平叫做我的故乡;如果叫她是第二故乡罢,但从来又不曾有过一个地方再像北平那样给我回忆,给我默念,给我思想的了。

年青的哥哥和妹妹死在那里，惨淡经营了二十多年，直到如今还没有一块葬身之地的我的父亲和母亲，留着一对棺柩，也还浮厝在那里的一个荒凉的寺院里。

我的心和身的家都在那里，虽然渐渐的渐渐的寂灭了，可是它们的骨骸也终于埋葬在那里。

当初无论到什么地方去，或从什么地方归来，一度一度尝着珍重道别时的苦趣，但还可以换得了一度一度的重逢问安时的笑脸。记得同是门外的一条胡同，归来时候怨它太长，临去时又恨它过短了。同是一个正阳门车站，诅咒它耸在眼前的是我，欣喜着踏近它的跟边的也是我……心情的矛盾真是无可奈何的，虽然明明知道正阳门车站仍然是正阳门车站：它是来者的一个止境，去者的一个起点。

去年离开那里的时候，默默地坐在车厢里，呆呆地望着那个站楼上的大钟。等着么？不是的，宕着么？也不是的；开车的铃声毕竟响了这一次，可真如同一个长期的渺茫的流配的宣告一样，心里凄惶地想：做过了我无数次希望的止境的站驿，如今又从这里首途了。一个人，满身的疾苦；一座城，到处的伤痍，恐怕真的是别易见难了。

我曾叫送行的弟弟给我买一瓶子酒来，他买了酒，又给我带了一包长春堂的避瘟散。我笑领了，说：

"这里只剩了你一个人了，珍重啊，要再造起我们的新的家来，等着重新欢聚罢？"

同时又暗自地想：

第五章　一些北京的记忆

季候又近炎夏了，去的虽不是瘴厉之地，但也没有一处不是坎坷或隐埋着陷阱的所在。

人间世上，不能脱出的，又还有什么方剂可以避免了惟其是在人间世上才有的那种"瘟"气呢？

车，缓缓地从车站里开出了，渐渐地渐渐地看见了荒地，看见了土屋，看见了天坛……看见正阳门的城楼已经远了；正阳门的城楼还在那两根高高的无线电台边慢慢地移转着。

转着，直到现在好像还在我的脑中转着，可是我的弟弟呢。生活的与精神的堕落，竟使他的音讯也像一块石头堕落在极深极深的大海里去了！

哪里是故乡？什么时候再得欢聚呢？到小店里去，买一两烧酒，三个铜板花生米，一包"大前门"香烟来罢。

凄凉夜

大好的河山被敌人的铁蹄践踏着，被炮火轰击着；有的已经改变了颜色，有的正用同胞们的尸骨去填垒沟壑，用血肉去涂揾沙场，去染红流水……所谓近代式的立体的战争，于是连我们的任何一块天空也成了灾祸飞来的处所了。

就在这个风声鹤唳的时候，一列车的"三等"生灵，虽然并不晓得向何处去才能安顿自己，但也算侥幸的拾着一个逃亡的机会了。

辘辘的轮声，当作了那些为国难而牺牲的烈士们呜咽罢！这呜咽的声音，使我们这些醉生梦死的人们醒觉了。那为悲愤而流的泪，曾漩溢在我的眼眶里，那为惭怍而流的汗，也津津的把我的衬衣湿透了。

车向前进着，天渐渐黑暗起来了。偶然望到空间，已经全被乌云盖满了，整个的天，仿佛就要沉落了下来，列车也好像要走进一条深深的隧道里去。

是黑的一片！连天和地也分不出它们的限界了。

是黑的一团！似乎把这一列火车都胶着得不易动弹了。

不久，一道一道的闪光，像代表着一种最可怖的符号在远远的黑暗处发现了，极迅速的，只有一瞬的。这时我的什么意识也没有了，有一个意识，那便是天在进裂着罢！

接着听见轰轰的声响，是车轮轧着轨道吧？是雷鸣吧？是大地怒吼了罢？

如一条倦怠了巨龙似的，列车终于在天津总站停住了。这时才听见了窗外是一片杀杀的雨因为正在戒严的期间，没有什么上来的客人，也没有什么下去的客人。只有一排一排荷枪的兵士，从站台这边踱到那边，又从那边踱到这边。枪上的刺刀，在车窗上来来往往的闪着一道一道白色的光芒。

整个车站是寂静的，沙沙的雨声，仿佛把一切都已经征服了似的。车厢里的每个人，也都像惊骇了过后，抽噎了过后，有的渐渐打着瞌睡了。

车尽死沉沉的停着不动，雨已经小了。差不多是夜分的时候，连汽笛也没有响一下，车开了。

第五章　一些北京的记忆

隔了很久很久，车上才有一两个人低低说话了，听不清楚说的什么。现在究竟什么时候，到了什么地方，也没有谁去提起。

自己也好像睡了，不知怎么听见谁说：

"到了杨柳青了。"

我猛省，我知道我已经离开我的乡土更远了。

这么一个动听的地名，不一会也就丢在背后去了。探首窗外，余零的雨星，打着我的热灼灼的脸，望着天，望着地，都是黑茫茫的。

夜是怎么这样的凄凉啊！想到走过去的那些路程，那里的夜，恐怕还更凄凉一些罢？

关上车窗，让杨柳青留在雨星子里去了。

旅伴

一个苦力泡了一壶茶，让前让后，让左让右，笑眯眯的，最后才端起杯子来自己喝一口。再喝的时候，仍然是这样的谦让一回。

我不想喝他的茶，我看见他的神色，像已经得到一种慰藉似的了。

一个绅士，一个学生，乃至一个衣服穿得稍稍整齐的人罢，他泡一壶茶，他不让旁人喝，自己也不像要喝的样子，端坐着，表示着他与人无关。那壶茶，恐怕正是他给予车役的一种恩惠罢。

其实谁也不会去讨他的茶喝，看见了他的神色，仿佛知道了人和人之间还有一条深深的沟渠隔着呢。

一个衣服褴褛的乡村女人，敞着怀喂小孩子奶吃。奶是那样的瘦瘦，身体恐怕没有一点点营养；我想那个孩子吸着的一定是他母亲的一点残余的血液，血液也是非常稀薄了的。

女人的头抬起来了，我看见了她的一副苍黄的脸，眼睛是枯涩的，呆呆地望着从窗外飞过去的土丘和莽原……

汽笛响了，孩子从睡中醒了；同时这个做母亲的也好像从什么梦境里醒觉了。把孩子抱了起来，让他立在她的膝盖上。

孩子的眼睛望着我，我的眼睛也望着孩子的。

"喂！叫大叔啊！"女人的眼睛也望了我和孩子。

孩子的脸，反转过去望他的母亲了。

"叫你叫大叔哩。"母亲的脸，被笑扯动了。

孩子的腿，在他母亲的膝盖上不住欢跃着，神秘地看了我一眼，又把脸转过去了。

"认生吧？"

"不；大叔跟你说话哩。"

笑着，一个大的，一个小的脸，偎在一起了。

车再停的时候，她们下去了。

在这么短短的两站之间，孩子的心中或许印着那么一个"大叔"的影子；在这么长长的一条旅途上，陌生人们的眼里还依旧是陌生的人们罢。

红酒

傍晚，车停在一个站里等着错车，过了一刻，另一列车来了。起初很快，慢慢地就停在对面了。

这边的车窗正好对着那边的车窗，但那边车窗是被锦绣的幌子遮住一半。就在这一半的窗子之下，我看见了一个小小的台子，台子上放着一个黄绫罩子的宫灯，灯下映着明晃晃的刀叉，胡椒盐白瓶子，多边的盘子……还有一个高脚杯子，杯子里满盛着红色的酒液。

看见一只毛茸茸的手把杯子举了一下，红色的杯子变成白色的了。

看见两只毛茸茸的手，割切着盘子里面的鱼和肉，一会儿盘子里狼藉的只剩下碎骨和乱刺了。

看见高脚杯里又红满了……

又是一只毛茸茸的手伸出来了……

那边的人，怕已醺醺然了，可是这只毛茸茸的手，仿佛从我心里攫夺了什么东西去的，我的心，觉得有些痉挛起来。

——红酒里面，是不是浸着我们的一些血汗呢？

大地被压轧着响了，对面的列车又开始前进了。

1934 年

第六章

写给岁月的哲思

"天下第一好事，还是读书"

//

季羡林

古今中外赞美读书的名人和文章，多得不可胜数。张元济先生有一句简单朴素的话："天下第一好事，还是读书。""天下"而又"第一"，可见他对读书重要性的认识。

为什么读书是一件"好事"呢？

也许有人认为，这问题提得幼稚而又突兀。这就等于问"为什么人要吃饭"一样，因为没有人反对吃饭，也没有人说读书不是一件好事。

但是，我却认为，凡事都必须问一个"为什么"，事出都有因，不应当马马虎虎，等闲视之。现在就谈一谈我个人的认识，谈一谈读书为什么是一件好事。

凡是事情古老的，我们常常说"自从盘古开天地"。我现在还要从盘古开天地以前谈起，从人类脱离了兽界进入人界开始谈。人成了人以后，就开始积累人的智慧，这种智慧如滚雪球，越滚越大，也就是越积越多。禽兽似乎没有这种本领，一只蠢猪一万年以前是这样蠢，到了今天仍然

第六章　写给岁月的哲思

是这样蠢，没有增加什么智慧。人则不然，不但能随时增加智慧，而且根据我的观察，增加的速度越来越快，有如物体从高空下坠一般。到了今天，已进入知识爆炸的时代。最近一段时间以来，"克隆"使全世界的人都大吃一惊。有的人竟忧心忡忡，不知这种技术发展"伊于胡底"。

人类千百年以来保存智慧的手段不出两端：一是实物，比如长城等；二是书籍，以后者为主。在发明文字以前，保存智慧靠记忆；文字发明了以后，则使用书籍。把脑海里记忆的东西搬出来，搬到纸上，就形成了书籍，书籍是贮存人类代代相传的智慧的宝库。后一代的人必须读书，才能继承和发扬前人的智慧。人类之所以能够进步，永远不停地向前迈进，靠的就是能读书又能写书的本领。我常常想，人类向前发展，有如接力赛跑，第一代人跑第一棒，第二代人接过棒来，跑第二棒，以至第三棒、第四棒，永远跑下去，永无穷尽，这样智慧的传承也永无穷尽。这样的传承靠的主要就是书，书是事关人类智慧传承的大事，这样一来，读书不是"天下第一好事"又是什么呢？

但是，话又说回来，中国历代都有"读书无用论"的说法，读书的知识分子，古代通称之为"秀才"，常常成为取笑的对象，比如说什么"秀才造反，三年不成"，是取笑秀才的无能。这话不无道理。在古代——请注意，我说的是"在古代"，今天已经完全不同了——造反而成功者几乎都是不识字的痞子流氓，中国历史上两个马上皇帝，开国"英主"，刘邦和朱元璋，都属此类。诗人只有慨叹"可惜刘项不读书"。"秀才"最多也只有成为这一批地痞流氓的"帮忙"或者"帮闲"，帮不上的，就只好慨叹"儒冠多误身"了。

231

但是，话还要再说回来，中国悠久的优秀的传统文化的传承者，是这一批地痞流氓，还是"秀才"？答案皎如天日。这一批"读书无用论"的现身"说法"者的"高祖""太祖"之类，除了镇压人民剥削人民之外，只给后代留下了什么陵之类，供今天搞旅游的人赚钱而已。他们对我们国家竟无贡献可言。

总而言之，"天下第一好事，还是读书"。

1997 年 4 月 8 日

糊涂一点，潇洒一点

季羡林

最近一个时期，经常听到人们的劝告：要糊涂一点，要潇洒一点。

关于第一点糊涂问题，我最近写过一篇短文《难得糊涂》。在这里，我把糊涂分为两种，一个叫真糊涂，一个叫假糊涂。普天之下，绝大多数的人，争名于朝，争利于市。尝到一点小甜头，便喜不自胜，手舞足蹈，心花怒放，忘乎所以。碰到一个小钉子，便忧思焚心，眉头紧皱，前途暗淡，哀叹不已。这种人滔滔者天下皆是也。他们是真糊涂，但并不自觉。他们是幸福的，愉快的，愿老天爷再向他们降福。

至于假糊涂或装糊涂，则以郑板桥的"难得糊涂"最为典型。郑板桥一流的人物是一点也不糊涂的。但是现实的情况又迫使他们非假糊涂或装糊涂不行。他们是痛苦的。我祈祷老天爷赐给他们一点真糊涂。

谈到潇洒一点的问题，首先必须对这个词儿进行一点解释。这个词儿圆融无碍，谁一看就懂，再一追问就糊涂。给这样一个词儿下定义，是超出我的能力的。还是查一下词典好。《现代汉语词典》的解释是：

"（神情、举止、风貌等）自然大方、有韵致，不拘束。"看了这个解释，我吓了一跳。什么"神情"，什么"风貌"，又是什么"韵致"，全是些抽象的东西，让人无法把握。这怎么能同我平常理解和使用的"潇洒"挂上钩呢？我是主张模糊语言的，现在就让"潇洒"这个词儿模糊一下吧。我想到中国六朝时代一些当时名士的举动，特别是《世说新语》等书所记载的，比如刘伶的"死便埋我"，什么雪夜访戴，等等，应该算是"潇洒"吧。可我立刻又想到，这些名士，表面上潇洒，实际上心中如焚，时时刻刻担心自己的脑袋。有的还终于逃不过去，嵇康就是一个著名的例子。

写到这里，我的思维活动又逼迫我把"潇洒"，也像糊涂一样，分为两类：一真一假。六朝人的潇洒是装出来的，因而是假的。

这些事情已经"俱往矣"，不大容易了解清楚。我举一个现代的例子。上一个世纪三十年代，我在清华读书的时候，一位教授（姑隐其名）总想充当一下名士，潇洒一番。冬天，他穿上锦缎棉袍，下面穿的是锦缎棉裤，用两条彩色丝带把棉裤紧紧地系在腿的下部，头上头发也故意不梳得油光发亮。他就这样飘飘然走进课堂，顾影自怜，大概十分满意。在学生们眼中，他这种矫揉造作的潇洒，却是丑态可掬，辜负了他一番苦心。

同这位教授唱对台戏的——当然不是有意的——是俞平伯先生。有一天，平伯先生把脑袋剃了个精光，高视阔步，昂然从城内的住处出来，走进了清华园。园中几千人中这是唯一的一个精光的脑袋，见者无不骇怪，指指点点，窃窃私议，而平伯先生则全然置之不理，照样登上讲台，高声朗诵宋代名词，摇头晃脑，怡然自得。朗诵完了，连声高呼："好！好！就是好！"此外再没有别的话说。古人说："是真名士自风流。"同那位教英文的教授一比，谁是真风流，谁是假风流；谁是真潇洒，谁是假潇洒，昭然呈现于光天化日之下。

这一个小例子，并没有什么深文奥义，只不过是想辨真伪而已。

为什么人们提倡糊涂一点，潇洒一点呢？我个人觉得，这能提高人们的和为贵的精神，大大地有利于安定团结。

写到这里，这一篇短文可以说是已经写完了。但是，我还想加上一点我个人的想法。

当前，我国举国上下，争分夺秒，奋发图强，巩固我们的政治，发展我们的经济，期能在预期的时间内建成名副其实的小康社会。哪里容得半点糊涂、半点潇洒！但是，我们中国人一向是按照辩证法的规律行动的。古人说："文武之道，一张一弛。"有张无弛不行，有弛无张也不行。张弛结合，斯乃正道。提倡糊涂一点，潇洒一点，正是为了达到这个目的的。

三月留念

//

史铁生

活着的事，大抵在两个方面：务实与务虚。缺其一，便可算得残疾。譬如一个家，家徒四壁势必难以为继，便是笃爱如牛郎织女者，也是"你耕田来我织布"地需要务实。但"生命诚可贵，爱情价更高"，若爱情没了，万贯家财很可能只是内战的火药捻；爱情，即务虚的一面。

现在的中国，是空前地务实起来了；市场经济正在淘汰着懒汉和清谈家，这真是个好兆头，没有人不盼望她从此富强。但这并不是说，她过去就多么地理解务虚，连年的文打武斗多不过是虚误罢了；爱情呀，人性呀，人道主义呀，都曾一度做过被唾弃的角色，可见务虚的方面也是多么荒芜。

辩论先务实还是先务虚，先谋生计还是先有爱的追寻，先增加财富还是先提高文明水平，似乎都是无聊的逻辑。房子有了而找不到爱情，或新娘来了再去借钱盖屋，都是极不幸的局面。为什么不能舍生忘死地爱着，同时又废寝忘食地建设家园呢？虚实相济才是好文章，才有最新最美的图画。

务实与务虚绝不相互抵触。劳累了一天，人们需要娱乐；奔波了一生，人们向它要求意义；作为五十亿分之一，每个人都有孤独和困苦，都希望这个世界上充满善意和爱情。在参天的大厦下和飞奔的轿车里，这些东西会不期而至么？好像不会；名和利都可能会这样，唯善意和爱情是不能不由期盼来催生的。

在"俗人"成为雅号的时刻，倒是值得冒被挖苦的风险，做一回"雅士"的勾当。沉静地坐一会儿，到大厦之外的荒地上走一趟，凭心神去追回被冷淡了的梦想，风吹雨洒，会看见天堂尚远，而梦想未变。于是，虽得不住"俗人"的雅号，反惹一身"雅士"的俗气，心里也不计较了，觉着往前走去似乎有了底气。

多年的虚误，让理想背了黑锅。但理想的性质注定它不会吊死在一棵树上，注定它要发展和不可泯灭。说不要理想，那是可以理解的，因为不要理想正也是一种对理想的寻求，但凡活着总是要往前走的，不可抹杀的时空保障了这一点；说不要理想，其实只是在发展着理想和丰富着前途。但说不要理想，毕竟是说错了。原本想说的很可能是：不要再清谈，不要再虚误吧。

《三月风》到了百期，可喜可贺。"三月风"是一派好风，是虚实相济、催化务实的劳作也催化务虚的梦想的风。三月风后，好天气就来了。

1993 年 1 月

山水间的生活

//

丰子恺

我家迁住白马湖上后三天,我在火车中遇见一个朋友,对我这样说:"山水间虽然清静,但物质的需要不便之外,住家不免寂寞,办学校不免闭门造车,有利亦有弊。"我当时对于这话就起一种感想,后来忙中就忘却了。

现在春晖在山水间已生活了近一年了,我的家庭在山水间已生活了一月多了。我对于山水间的生活,觉得有意义,又想起了火车中的友人的话。写出我的几种感想在下面。

我曾经住过上海,觉得上海住家,邻人都是不相往来,而且敌视的。我也曾做过上海的学校教师,觉得上海的繁华和文明,能使聪明的明白人得到暗示和觉悟,而使悟力薄弱的人收到很恶的影响。我觉得上海虽热闹,实在寂寞,山中虽冷静,实在热闹,不觉得寂寞。就是上海是骚扰的寂寞,山中是清静的热闹。

在火车里的几小时,是在这社会里四五十年的人生的缩图。座位被

第六章 写给岁月的哲思

占,提包被偷等恐慌,就是生活恐慌的缩形。倘嫌山水间的生活的寂寞,而慕都会的热闹,犹之在只乘四五个相熟的人的火车里嫌寂寞,要望别的拥挤着的车子里去。如果有这样的人,他定是要描写拥挤的车子而去观察的小说家,否则是想图利去的 pickpocket(扒手)。

我在教授图画唱歌的时候,觉得以前曾在别处学过图画唱歌的人最难教授,全然没有学过的人容易指导。同样,我觉得在社会里最感到困难的是"因袭的打破难"。许多学校风潮,许多家庭悲剧,许多恶劣的人类分子,都是"因袭的罪恶",何尝是人间本身的不良。因袭好比遗传,永不断绝。新文化一次输入因袭旧恶的社会里,仿佛注些花露水在粪里,气味更难当。再输入一次,仿佛在这花露水和粪里再注入些香油,又变一种臭气。我觉得无论什么改造,非先除去因袭的恶弊终归越弄越坏。在山水间的学校和家庭,不拘何等孤僻,何等少见闻,何等寂寥,"因袭的传染的隔远"和"改造的容易入手"是实实在在的事实。

我从前往往听见人讲到子弟求学或职业等问题,都说:"总要出上海[①]!"听者带着一种对于将来生活的恐慌的自警的态度默应着。把这等话的心理解剖起来,里面含着这样的几个要素:

(一)上海确是文明地,冠盖之区,要路津。

(二)少年应当策高足,先据这要路津。

(三)这就是吾人应走的前途。所谓闭门造车,也是具有这样的内容的话。怀着这样的思想的人,是因袭的奴隶,是因袭的维持者。

闭门造车,是指说不符合门外的轨道的大小,造了不能在门外的轨

[①] 出上海,意思是到上海去。

239

道上运行的车。行车一定要在已成的轨道上吗？这已成的轨道确是引导我们走正路的吗？有了车不能造轨道的吗？在这"闭门造车"一句话里，分明表示着人们的依赖、因袭，和创造力多么薄弱。

不造则已，如果要造车，一定非闭门造不可。如果依照已成的轨道而造，所造出的车子和以前已有的车子一样，就在已成的轨道上随波逐流地去了。即使已有的车子是好的，已成的轨道是正的，造车的效力也不过加多了车，不是造车的进步。何况已有的车子或者不好，已成的轨道或者不正呢。

"好久不到都会了，好久不看报了，退步了。"这样说的人也有。实在，进步是前进的意思，进步越快，离社会越远，离社会越远，进步越深（这是厨川白村说的）。子路说道："吾过矣，吾离群而索居，亦已久矣。"这便是子路所以为子路。

"山水间生活，有利亦有弊"，这大概是指清静、空气新鲜、生活程度低等是利。需要不便、寂寞、闭门造车等是弊。这是要计较两方的利弊长短而取舍的意思。这话的内容和"新思想并不恶、时势变更了不得已而然的。但从前的习惯一概不好，也不能说"的话同是乡愿的话。

这话的变形，就是"凡物都有明暗两方面的"。这话固然不错。但我觉得明暗是一体的。非但如此，明是因为有暗而益明的。仿佛绘画，明调子因暗调子而益美，暗调子因明调子而也美了。断不是明面好，暗面不好。如果取明而弃暗，就是 Ruskin（罗斯金）所谓："自然像日光和阴影相交一般混合着优劣两种要素，使双方相互地供给效用和势力的。所以除去阴影的画家，定要在他自己造出来的无荫的沙漠里烧死！"

爱一物，是兼爱它的阴暗两方面。否，没有暗的明是不明的，是不可爱的。我往往觉得山水间的生活，因为需要不便而菜根更香，豆腐更肥。因为寂寥而邻人更亲。

且勿论都会的生活与山水间的生活孰优孰劣，孰利孰弊。人生随处皆不满，欲图解脱，唯于艺术中求之。

1923年5月14日

渐

//

丰子恺

使人生圆滑进行的微妙的要素,莫如"渐";造物主骗人的手段,也莫如"渐"。在不知不觉之中,天真烂漫的孩子"渐渐"变成野心勃勃的青年;慷慨豪侠的青年"渐渐"变成冷酷的成人;血气旺盛的成人"渐渐"变成顽固的老头子。因为其变更是渐进的,一年一年地、一月一月地、一日一日地、一时一时地、一分一分地、一秒一秒地渐进,犹如从斜度极缓的长远的山坡上走下来,使人不察其递降的痕迹,不见其各阶段的境界,而似乎觉得常在同样的地位,恒久不变,又无时不有生的意趣与价值,于是人生就被确实肯定,而圆滑进行了。假使人生的进行不像山坡而像风琴的键板,由 do 忽然移到 re,即如昨夜的孩子今朝忽然变成青年;或者像旋律的"接离进行"地由 do 忽然跳到 mi,即如朝为青年而夕暮忽成老人,人一定要惊讶、感慨、悲伤,或痛感人生的无常,而不乐为人了。故可知人生是由"渐"维持的。这在女人恐怕尤为必要:歌剧中,舞台上的如花的少女,就是将来火炉旁边的老婆子。这句话,骤听使人不能相信,少女也不肯承认,实则现在的老婆子都是由如花的少女"渐渐"变成的。

　　人之能堪受境遇的变衰,也全靠这"渐"的助力。巨富的纨袴子弟因屡次破产而"渐渐"荡尽其家产,变为贫者;贫者只得做佣工,佣工往往变为奴隶,奴隶容易变为无赖,无赖与乞丐相去甚近,乞丐不妨做偷儿……这样的例,在小说中,在实际上,均多得很。因为其变衰是延长为十年二十年而一步一步地"渐渐"地达到的,在本人不感到什么强烈的刺激。故虽到了饥寒病苦刑笞交迫的地步,仍是熙熙然贪恋着目前的生的欢喜。假如一位千金之子忽然变了乞丐或偷儿,这人一定愤不欲生了。

　　这真是大自然的神秘的原则,造物主的微妙的功夫!阴阳潜移,春秋代序,以及物类的衰荣生杀,无不暗合于这法则。由萌芽的春"渐渐"变成绿阴的夏;由凋零的秋"渐渐"变成枯寂的冬。我们虽已经历数十寒暑,但在围炉拥衾的冬夜仍是难于想象饮冰挥扇的夏日的心情;反之亦然。然而由冬一天一天地、一时一时地、一分一分地、一秒一秒地移向夏,由夏一天一天地、一时一时地、一分一分地、一秒一秒地移向冬,其间实在没有显著的痕迹可寻。昼夜也是如此:傍晚坐在窗下看书,书页上"渐渐"地黑起来,倘不断地看下去(目力能因了光的渐弱而渐渐加强),几乎永远可以认识书页上的字迹,即不觉昼之已变为夜。黎明凭窗,不瞬目地注视东天,也不辨自夜向昼的推移的痕迹。儿女渐渐长大起来,在朝夕相见的父母全不觉得,难得见面的远亲就相见不相识了。往年除夕,我们曾在红蜡烛底下守候水仙花的开放,真是痴态!倘水仙花果真当面开放给我们看,便是大自然的原则的破坏,宇宙的根本的摇动,世界人类的末日临到了!

"渐"的作用,就是用每步相差极微极缓的方法来隐蔽时间的过去与事物的变迁的痕迹,使人误认其为恒久不变。这真是造物主骗人的一大诡计!这有一件比喻的故事:某农夫每天朝晨抱了犊而跳过一沟,到田里去工作,夕暮又抱了它跳过沟回家。每日如此,未尝间断。过了一年,犊已渐大,渐重,差不多变成大牛,但农夫全不觉得,仍是抱了它跳沟。有一天他因事停止工作,次日再就不能抱了这牛而跳沟了。造物的骗人,使人留连于其每日每时的生的欢喜而不觉其变迁与辛苦,就是用这个方法的。人们每日在抱了日重一日的牛而跳沟,不准停止。自己误以为是不变的,其实每日在增加其苦劳!

我觉得时辰钟是人生的最好的象征了。时辰钟的针,平常一看总觉得是"不动"的;其实人造物中最常动的无过于时辰钟的针了。日常生活中的人生也如此,刻刻觉得我是我,似乎这"我"永远不变,实则与时辰钟的针一样地无常!一息尚存,总觉得我仍是我,我没有变,还是留连着我的生,可怜受尽"渐"的欺骗!

"渐"的本质是"时间"。时间我觉得比空间更为不可思议,犹之时间艺术的音乐比空间艺术的绘画更为神秘。因为空间姑且不追究它如何广大或无限,我们总可以把握其一端,认定其一点。时间则全然无从把握,不可挽留,只有过去与未来在渺茫之中不绝地相追逐而已。性质上既已渺茫不可思议,分量上在人生也似乎太多。因为一般人对于时间的悟性,似乎只够支配搭船乘车的短时间;对于百年的长期间的寿命,他们不能胜任，往往迷于局部而不能顾及全体。试看乘火车的旅客中，常有明达的人，有的宁牺牲暂时的安乐而让其坐位于老弱者，以求心的太平（或博暂时的美誉）；有的见众人争先下车，而退在后面，或高呼"勿要轧，总有得下去的！""大家都要下去的！"然而在乘"社会"或"世界"的大火车的"人生"的长期的旅客中，就少有这样的明达之人。所以我觉得百年的寿命，定得太长。像现在的世界上的人，倘定他们搭船乘车的期间的寿命，也许在人类社会上可减少许多凶险残惨的争斗，而与火车中一样地谦让，和平，也未可知。

然人类中也有几个能胜任百年的或千古的寿命的人。那是"大人格"，"大人生"。他们能不为"渐"所迷，不为造物所欺，而收缩无限的时间并空间于方寸的心中。故佛家能纳须弥于芥子。中国古诗人（白居易）说："蜗牛角上争何事？石火光中寄此身。"英国诗人（Blake[①]）也说："一粒沙里见世界，一朵花里见天国；手掌里盛住无限，一刹那便是永劫。"

1928年

[①] 即布莱克（1757—1827），英国第一位重要的浪漫主义诗人、版画家，英国文学史上最重要的伟大诗人之一。

我的创作经验

// 庐隐

我虽过了十年创作生活；在这十年之中世变无穷，就是文坛也是花样几翻，时而浪漫文学，时而写实文学，时而普罗文学，真是层出不穷，一个作家站在这种大时代的旗帜之下，有时真不免惶惶然不知何所适从。

不过这仅仅是浮面的形象——据我个人的意见，一个作家必具有几项根本条件，这些根本条件是亘古不变的，是永远的真理，那么这条件究竟是什么呢？兹略举如下：

甲、作家必具有"诚恳"的态度。美国写实派詹姆士说："唯诚恳为作者无上之权利，应尽量享受之，占有之，扩大之，宣传之而欣赏之。全人生皆属于汝……"

因为小说家所表现的，是真实的人生，这种真实的人生，不是虚夸的态度，所能表现得出的。所以要作品含有真实性，使读者感受深切，那么作家必具有诚恳的态度，当然毫无疑义了！

乙、作家应具有"忍耐"之条件。佛罗贝尔之言曰："文学天才仅为长期的忍耐"。这所谓忍耐自然指着修养而言,因为一个作家,要以人间的事实,采为作品的材料,第一对于事物不能无精密的注意,细心的审办,以发现众人所未窥到的另一面;而这种的努力非有忍耐心者不办。

丙、充实个人生活。除以上所说的两项以外,作家还应当充实个人生活,因表现人生,当以作家生活经验为基础。虽然经验有间接的,直接的分别,但无论如何,作家生活经验越丰富,其作品的真实性也越浓厚,反之则其作品不免空虚无力——虽然有时想象的真实,会胜过实际的真实,但想象的根据,仍不能离去既往的经验,所以一个优越的作家,其生活经验必定是丰富的。

除了上列几项之外,当然还有,如艺术手腕之训练等,因限于时间,不能详述。总之欲成一个优越的作家,对于自身的生活的充实及人格的修养,与文字的工具的熟练,都不可放松,能如此,即使不是特殊的天才,也应有相当的成就吧!

不除庭草斋夫

//

陶行知

　　好几年前,我见着曾国藩写的一副对联,先看下联,是:"爱养盆鱼识化机,"心里很不以为然。因为鱼的自由世界是江,河,湖,海;哪一处不可以认识它们的化机,何必要把活泼泼的鱼儿捉到盆里来呢?盆是鱼的监牢;盆鱼是上了枷镣锁铐的囚犯。现在舍掉江,河,湖,海之大而要在监牢式的小盆里追求造化之机,不但是违反自然,而且是表示度量之狭隘。我素来反对笼中养鸟,所以不知不觉地对于盆中养鱼,也发生一种深刻的不满。

　　我便带着这种不满意的态度去看上联。我见上联写的是:"不除庭草留生意,"不禁连叫几声好,欢喜得把心里的不满都忘掉了。从此我便想用这个意思来造一座斋舍,称它为"不除庭草斋"。但是吃着早餐愁晚餐的人那有余款造房子?退一步想,斋主虽做不成,何妨做个斋夫?好,就这么说,这个不除庭草斋夫的头衔,恕我自封了。需要斋夫的人们,请看清这个名字来找我;否则你要除草,我不除草,弄僵起来,怎么办呢?

坚毅之酬报

邹韬奋

一个人做事，在动手以前，当然要详慎考虑；但是计划或方针已定之后，就要认定目标进行，不可再有迟疑不决的态度。这就是坚毅的精神。

大思想家乌尔德（William Wirt）曾经说过："对于两件事，要想先做哪一件，而始终不能决定，这种人一件事都不会做。还有人虽然决定了一件事的计划，但是一听了朋友的一句话，就要气馁；其先决定这个意思，觉得不对，既而决定那个意思，又觉得不对；其先决定这样办法，觉得不对，既而决定那样办法，又觉得不对；好像船上虽然有了罗盘针，而这个罗盘针却跟着风浪而时常变动的；这种人决不能做大事，决不能有所成就，这种人不能有进步，至多维持现状，大概还不免退步！"

有一个报界访员问发明家爱迭生[①]："你的发现是不是往往意外碰到的？"他毅然答道："我从来没有意外碰到有价值的事情。我完全决定某

[①] 即爱迪生，美国著名发明家。

种结果是值得下功夫去得到的,我就勇迈前进,试了又试,不肯罢休,直到试到我所预想的结果发生之后,我才肯歇!……我天性如此,自己也莫名其妙。无论什么事,一经我着手去做,我的心思脑力,总完全和他无顷刻的分离,非把他做好,简直不能安逸。"

坚毅的仇敌是"反抗的环境",但是我们要知道"反抗的环境"正是创造我们能力的机会。

反抗的环境能使我们养成更强烈的抵御的力量;每战胜过困难一次,便造成我们用来抵御其次难关的更大的能力。

文豪嘉莱尔(Carlyle)千辛万苦的著成一部《法国革命史》。当他第一卷要付印的时候,他穷得不得了,急急忙忙地押与一个邻居,不幸那本稿子跌在地下,给一个女仆拿去加入柴里去烧火,把他的数年心血,几分钟里烧得干干净净!这当然使他失望得不可言状,但是他却不是因此灰心的人。又费了许多心血去搜集材料,重新做起,终成了他的名著。

就是一天用一小时工夫求学问,用了十二年工夫,时间与在大学四年的专门求学的时间一样,在实际经验中参证所学,所得的效益更要高出万万!

1927 年 11 月

积 少 成 多

// 胡适

兄弟想起一句古话来了,叫做"积少成多"。看官,你不要看轻了这四个字,要晓得这四个字里,包含了许多意思,许多精妙的意思,而且有极大的用处,列位且听我一一道来。

列位不看见那天上落下的雨么?落下来的时候,大的不过豆那样大,小的不过米那样大,这自然是极少的了。然而那无数无数的雨点积起来,流入地中,便成极长的江河,极大的湖,极深的海洋,列位,这不是积少成多么!

列位又不看见那泥土沙石么?那一撮沙泥,一块小石,自然是极少的了,然而我们要是把许多许多的沙泥土石,堆在一处,一堆一堆的堆起来,不到几时,便可成一座大山了。列位,这不是积少成多么!

列位现在可晓得了,积许多雨点,便可成大江大海;积许多小沙小石,便可成高山。可见"积少成多"四字是丝毫不错的,然而我们中国的人,却很不懂这个极浅的道理。何以见得呢?你看他们做小本生意的人，一天到晚，能赚几个钱，然而他们鸦片烟是要吸的，香烟是要吃的，吃一支香烟，便是几文钱，吸一筒鸦片烟，便是几十文，要晓得，这几文钱几十文钱，虽是极小的事，然而积了几十个几文便是几百文，积了几十个几十文便是几千文。香烟每支三文钱，每天省吃一支，一个月便是九十文，一年三百六十日便是一千零八十文，可以买得几件衣服了，再积两年三年，便是两三块钱了。这一天省一支香烟，是极容易人人都做得到的事，毫不费力。兄弟不过借他做一个比喻罢了，列位看官听了我的话，要是肯去试验试验，一天少吃一碗茶，少吸两筒鸦片烟，少坐一回车，少吃几回点心，一天一天的积起来，不多几时便可发大财了。列位要晓得发财的法子，再没有比这个好的了，这个法子又容易，又省事，列位尽可试试看灵也不灵。去年《中外日报》上登了一部小说，叫做《美国十五大富豪传》，兄弟看了一看，这十五大富豪之中，只有二三个是有钱子弟出身的，其余的都是赤了双手，拼命去做苦工，苦苦的积下钱来，积的钱积得多了，然后拿去做生意，一步一步地发起财来，后来都有了几万万几千万的家产。不知道的，都羡慕他说他发财了，却不会去学他那积少成多的法子来自己也发发财。唉！这真是愚蠢极了，兄弟很望大家用一些的心，听听兄弟这个发财秘诀罢！

　　但是兄弟上面所说的，是要人人积几个本钱，一来呢，可以安家立业，无需求人；二来呢，可以拿去做生意，多赚几个钱，免得白白用掉，岂不可惜！这便是兄弟说这篇论说的缘故。列位要晓得，兄弟的意思，并不是劝人省吃省用，一毛不拔做一个守财奴，列位断不可误会了兄弟这篇意思呵！

第六章　写给岁月的哲思

　　还有一层，上面说的不过积钱发财的意思，列位可记得一句古语叫做"光阴一刻值千金"，你想一刻光阴，不到一顿饭的时候，便不知不觉地过去了，有什么宝贵呢！嗄！因为一天抛掉一刻光阴，不上四天，便抛掉一点钟的光阴了，不上两个月，便抛了一天的光阴了。一天的光阴，你想能够干多少的事，如今却这么恍恍惚惚的过了，抛掉了，岂不可惜！而且"人生七十古来稀"，即使活到七十岁，也不过二万五千二百日罢了！一天一天地过去，何等快速，所以我们大家也应该爱惜这些日子，大家努力把这些有限的光阴，用来做些有益的事业，不要把这些可宝可贵一刻千金的光阴，白白糟蹋了。要是列位把来白白抛掉，把来消耗在酒楼茶馆烟间妓院种种无益之地，那便是对不起这光阴，那便是对不起我做这篇白话的人了。

我坐了木船

//

叶圣陶

从重庆到汉口，我坐了木船。

木船危险，当然知道。一路上数不尽的滩，礁石随处都是。要出事，随时可以出。还有盗匪——实在是最可怜的同胞，他们种地没得吃，有力气没处出卖，当了兵经常饿肚子，没奈何只好出此下策。假如遇见了，把铺盖或者身上衣服带了去，也是异常难处的事儿。

但是，回转来想，从前没有轮船，没有飞机，历来走川江的人都坐木船。就是如今，上上下下的还有许多人在那里坐木船，如果统计起来，人数该比坐轮船坐飞机的多得多。人家可以坐，我就不能坐吗？我又不比人家高贵。至于危险，不考虑也罢。轮船飞机就不危险吗？安步当车似乎最稳妥了，可是人家屋檐边也可能掉下一片瓦来。要绝对避免危险就莫要做人。

要坐轮船坐飞机，自然也有办法。只要往各方去请托，找关系，或者干脆买张黑票。先说黑票，且不谈付出超过定额的钱，力有不及，心有不甘，单单一个"黑"字，就叫你不愿领教。"黑"字表示作弊，表示越出常轨，你买黑票，无异帮同作弊，赞助越出常轨。一个人既不能独个儿转移风气，也该在消极方面有所自守，帮同作弊，赞助越出常轨的事儿，总可以免了吧。——这自然是书生之见，不值通达的人一笑。

再说请托找关系，听人家说他们的经验，简直与谋差使一样的麻烦。在传达室恭候，在会客室恭候，幸而见了那要见的人，他听说你要设法船票或飞机票，爱理不理地答复你说："困难呢……下个星期再来打听吧……"于是你觉着好像有一线希望，又好像毫无把握，只得挨到下个星期再去。跑了不知多少回，总算有眉目了，又得往这一处签字，那一处盖章，看种种的脸色，候种种的传唤，为的是得一份充分的证据，可以去换一张票子。票子到手，身份可改变了，什么机关的部属，什么长的秘书，什么人的本人或是父亲，或者姓名仍旧，或者必须改名换姓，总之要与你自己暂时脱离关系。最有味的是冒充什么部的士兵，非但改名换姓，还得穿上灰布棉军服，腰间束一条皮带。我听了这些，就死了请托找关系的念头。即使饿得要死，也不定要去奉承颜色谋差使，为了一张票子去求教人家，不说我自己犯不着，人家也太费心了。重庆的路又那么难走，公共汽车站排队往往等上一个半个钟头，天天为了票子去奔跑实在吃不消。再说与自己暂时脱离关系，换上别人的身份，虽然人家不大爱惜名器，我可不愿滥用那些名器。我不是部属，不是秘书，不是某人，不是某人的父亲，我是我。我毫无成就，样样不长进，我可不愿与任何人易地而处，无论长期或是暂时。为了跑一趟路，必须易地而处，在我总觉得像被剥夺了什么似的，至于穿灰布棉军服更为难了，为了跑一趟路才穿上那套衣服，岂不亵渎了那套衣服？亵渎的人固然不少，我可总觉不忍。——这一套又是书生之见。

抱着书生之见，我决定坐木船。木船比不上轮船，更比不上飞机，千真万确。可是绝对不用请托，绝对不用找关系，也无所谓黑票。你要船，找运输行。或者自己到码头上去找。找着了，言明价钱，多少钱坐到汉口，每一块钱花得明明白白。在这一点上，我觉得木船好极了，我可以不说一句讨情的话，不看一副难看的嘴脸，堂堂正正凭我的身份东归。这是大多数坐轮船坐飞机的朋友办不到的，我可有这种骄傲。

决定了之后，有两位朋友特地来劝阻。一位从李家沱，一位从柏溪，不怕水程跋涉，为的是关爱我，瞧得起我。他们说了种种理由，设想了种种可能的障碍，结末说，还是再考虑一下的好。我真感激他们，当然不敢说不必再考虑，只好带玩笑地说，"吉人天相"，安慰他们的激动的心情。现在，他们接到我平安到达的消息，他们也真的安慰了。

1946 年

一个防身药方的三味药

// 胡适

毕业班的诸位同学，现在都得离开学校去开始你们自己的事业了，今天的典礼，我们叫作"毕业"，叫作"卒业"，在英文里叫作"始业"（Commencement），你们的学校生活现在有一个结束，现在你们开始进入一段新的生活，开始撑起自己的肩膀来挑自己的担子，所以叫作"始业"。

我今天承毕业班同学的好意，承阎校长的好意，要我来说几句话，我进大学是在五十年前（1910），我毕业是在四十六年前（1914），够得上做你们的老大哥了，今天我用老大哥的资格，应该送你们一点小礼物。我要送你们的小礼物只是一个防身的药方，给你们离开校门，进入大世界，作随时防身救急之用的一个药方。

这个防身药方只有三味药：

第一味药叫做"问题丹"。

第二味药叫做"兴趣散"。

第三味药叫做"信心汤"。

第一味药,"问题丹"。就是说:每个人离开学校,总得带一两个麻烦而有趣味的问题在身边做伴,这是你们入世的第一要紧的救命宝丹。

问题是一切知识学问的来源,活的学问、活的知识,都是为了解答实际上的困难,或理论上的困难而得来的。年轻入世的时候,总得有一个两个不大容易解决的问题在脑子里,时时向你挑战,时时笑你不能对付他,不能奈何他,时时引诱你去想他。

只要你有问题跟着你,你就不会懒惰了,你就会继续有智识上的长进了。

学堂里的书,你带不走;仪器,你带不走;先生,他们不能跟你去,但是问题可以跟你走到天边!有了问题,没有书,你自会省吃省穿去买书;没有仪器,你自会卖田卖地去买仪器!没有好先生,你自会去找好师友;没有资料,你自会上天下地去找资料。

各位青年朋友,你今天离开学校,夹袋里准备了几个问题跟着你走?

第二味药,叫做"兴趣散",这就是说:每个人进入社会,总得多发展一点专门职业以外的兴趣——"业余"的兴趣。

你们多数是学工程的,当然不愁找不到吃饭的职业,但四年前你们选择的专门职业,真是你们自己的自由志愿吗?你们现在还感觉你们手里的文凭真可以代表你们每个人终身的志愿、终身的兴趣吗?换句话说,你们今天不懊悔吗?明年今天还不会懊悔吗?

你们在这四年里,没有发现什么新的业余的兴趣吗?在这四年里,没有发现自己在本行以外的才能吗?

总而言之,一个人应该有他的职业,又应该有他的非职业的玩意儿。

不是为吃饭而是心里喜欢做的，用闲暇时间做的——这种非职业的玩意儿，可以使他的生活更有趣，更快乐，更有意思。有时候，一个人的业余活动也许比他的职业更重要。

英国 19 世纪的两个哲学家，一个是密尔（J. S. Mill），他的职业是东印度公司的秘书，他的业余工作使他在哲学上、经济学上、政治思想史上，都有很大的贡献。一个是斯宾塞（Herbert Spencer），他是一个测量工程师，他的业余工作使他成为一个很有势力的思想家。

英国的大政治家丘吉尔，政治是他的终身职业，但他的业余兴趣很多，他在文学、历史两方面，都有大成就；他用余力作油画，成绩也很好。

美国大总统艾森豪威尔先生，他的终身职业是军事，人们都知道他最爱打高尔夫球，但我们知道他的油画也很有功夫。

各位青年朋友，你们的专门职业是不用愁的了，你们的业余兴趣是什么？你们能做的，爱做的业余活动是什么？

第三味药，我叫他做"信心汤"，这就是说：你总得有一点信心。

我们生存在这个年头，看见的、听见的，往往都是可以叫我们悲观、失望的——有时候竟可以叫我们伤心，叫我们发疯。

这个时代，正是我们要培养我们的信心的时候，没有信心，我们真要发狂自杀了。

我们的信心只有一句话，"努力不会白费"，没有一点努力是没有结果的。

对你们学工程的青年人，我还用多举例来说明这种信心吗？工程师的人生哲学当然建筑在"努力不白费"定律的基石之上。

我只举这短短几十年里大家都知道的两个例子：

一个是亨利·福特（Henry Ford）。这个人没有受过大学教育，他小时半工半读，只读了几年书，十六岁就在一小机器店里做工，每周工钱两块半美金，晚上还得去帮别家做夜工。

五十七年前（1903）他三十九岁，他创立 Ford Motor Co.（福特汽车公司），原定资本十万元，只招得两万八千元。

五年之后（1908），他造成了他的最出名的 Model T 汽车，用全力制造这一种车子。

1913年——我已在大学三年级了，福特先生创立他的第一副"装配线"。

1914年——四十六年前，他就能够完全用"装配线"的原理来制造他的汽车了。同时他宣布他的汽车工人每天只工作八点钟，比别处工人少一点钟——而每天最低工钱五元美金，比别人多一倍。

他的汽车开始是九百五十元一部，他逐年减低卖价，从九百五十元直减到三百六十元——第一次世界大战之后，减到二百九十元一部。

他的公司，在创办时只有两万八千元的资本——到二十三年之后（1926）已值得十亿美金了！已成了全世界最大的汽车公司了。1915年，他造了一百万部汽车，1928年，他造了一千五百万部车。

他的"装配线"的原则在二十年里造成了全世界的"工业新革命"。

福特的汽车在五十年中征服全世界的历史还不能叫我们发生"努力不白费"的信心吗？

第二个例子是航空工程与航空工业的历史。

也是五十七年前——1903年12月17日,正是我十二整岁的生日那一天,在北卡罗来纳州的海边 Kitty Hawk(基蒂霍克)沙滩上,两个修理脚踏车的匠人,兄弟两人,用他们自己制造的一架飞机,在沙滩上试飞,弟弟叫 Owille Wright(奥维尔·莱特),他飞起了十二秒钟。哥哥叫 Wilbur Wright(威尔伯·莱特),他飞起了五十九秒钟。

那是人类制造飞机飞在空中的第一次成功——现在那一天(12月17日)是全美国庆祝的"航空日"——但当时并没有人注意到那两个弟兄的试验,但这两个没有受过大学教育的脚踏车修理匠人,他们并不失望,他们继续试飞,继续改良他们的飞机,一直到四年半之后(1908年5月),才有重要的报纸来报导他们的试飞,那时候,他们已能在空中飞三十八分钟了!

这四十年中,航空工程的大发展,航空工业的大发展,是你们学工程的人都知道的,航空工业在最近三十年里已成了世界最大工业的一种。

我第一次看见飞机是在1912年。我第一次坐飞机是在1930年(30年前)。我第一次飞过太平洋是在二十三年前(1937);第一次飞过大西洋是在十五年前(1945)。当我第一次飞渡太平洋的时候,从香港到旧金山总共费了七天!去年我第一次坐 Jet(小型喷气式飞机)机,从旧金山到纽约,五个半钟点飞了三千英里!下月初,我又得飞过太平洋,当天中午起飞,当天晚上就到美国西岸了!

五十七年前,Kitty Hawk 沙滩上两个脚踏车修理匠人自造的一架飞机居然在空中飞起了十二秒钟,那十二秒钟的飞行就给人类打开了一个

261

新的时代——打开了人类的航空时代。

这不够叫我们深信"努力不会白费"的人生观吗？

古人说："信心可以移山"（Faith Moves Mountains），又说："功不唐捐"（唐是空的意思），又说："只要功夫深，生铁磨成绣花针。"

青年的朋友，你们有这种信心没有？

1960 年 6 月

出版说明

本书收录了现、当代多位不同时期作者的散文、随笔等作品，由于部分文章写成时间较早，当时的语法、语境、外国人名、地名等用法均与当下有所不同，为尊重作者原著，除个别必要的调整外，均保留了当时用法。（譬如：叫做、发见、摹仿、那末、甚么、罢……）

对于全书中的数字、汉字用法，以及文章中"的""地""得""象"，编者依照现今规定做了适当的调整。

另外，为了方便读者阅读，在每篇文末保留了作品的创作时间或首次发表时间（个别时间无法核实的除外）。为了保持整本书的体例统一，不再列明每篇文章发表时的刊名或者书名。

由于编者能力有限，在编辑整理本书时难免挂一漏万，还望读者指正！